だいわ文庫

50代の暮らしって、こんなふう。

岸本葉子

大和書房

はじめに
50代、年をとるってこんなこと？

私は30歳を目前にしたとき、老後が不安になりました。このまま結婚しないかも……。仮に結婚したところで、介護が必要になったとき、夫も子どももたぶんあてにならない。

今からできる備えは何？　と考えて、長生きしたらと給付金のおりる保険に入ったり、高齢者福祉が進んでいると言われる街に中古マンションを買ってローンを組み、必死に返したりしました。

不安ではあるけれど、老いは当時の私にとって年齢的にはまだ遠いものでした。

今、50代になり、あの頃よりは老いが近づき、

「もしかして、これが年をとるということ？」

と感じることが出てきています。

たとえばリビングのインターホン。古くなったので、マンション全体で交換することになりました。今度のはいろいろ機能が付いていて、液晶画面に、使える機能が文字で表示されるらしく、「この先、高齢者につけ込んでくるだろう悪徳業者を撃退できる」と私の期待は大でした。

ところが、いざ設置されてみると、老眼の進んだ私には、液晶画面の薄くて小さな文字が読めない！

ドアチャイムが鳴ると慌ててメガネを探す。

狭い家だから探しているより、玄関に出てしまうほうが早い。

結局インターホンは使わずに、いきなりドアを開けている。

危険すぎます。

「この家を買ったときの想像にはなかったなあ……」

メガネを探して家の中をうろつき回る自分の姿は。

老後といえば介護や住まい、お金などが問題になるとは思っていたけれど、そうした大きな問題もさることながら、日常生活の中で現われるこまごました小さな変化は、なってみないとわからないものです。

この本には、老後の指南書一般には取り上げられることの少ない、そうした私の感じる小さな変化、それに対する工夫や受け止め方、心の持ちようなどを記します。

変化はむろん「どこが衰えた、何ができなくなった」という困ったことばかりではありません。思いがけないうれしい変化、先々が楽しみな変化もいろいろ。それについても記します。

老いがまだ先の方には、

「こういう変化が起きてくるのか」

老いの途上にいる方には、

「こういうこと、あるある。こうした向き合い方をしているのか」

と思いつつ読んでいただければ幸いです。

50代の暮らしって、こんなふう。　目次

第2章　老化のこと

第3章　暮らしのこと

第4章　からだのこと

第5章 これからの楽しみ、自分への期待

第6章　50代、後半に入りました

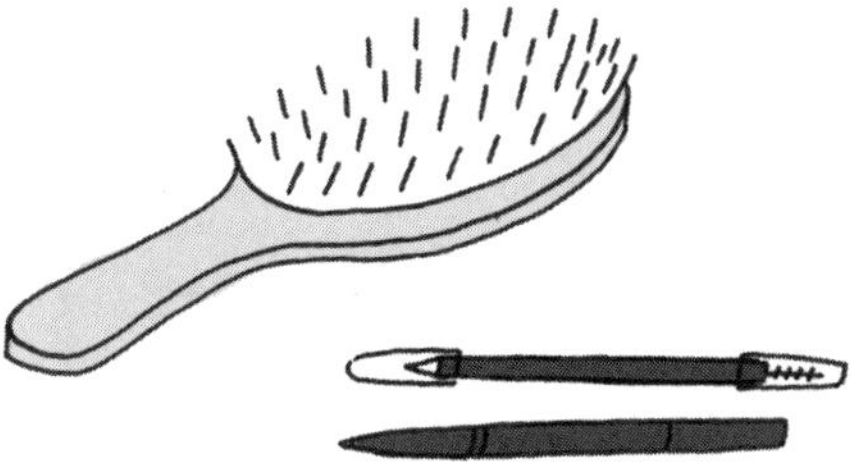

第 1 章

見た目のこと

スナップ写真の撮られ方

その場のノリで写真を撮ってもらい、後で送られショックを受ける。

そういうことありませんか？

私は先日メールで届き、愕然《がくぜん》としました。

「これがありのままの私？」

ひとことで言って、老《ふ》けた印象。

カメラを向いて笑っているが、シワがどうのという以前に姿勢が悪い。顎《あご》が落ちて胸が引っ込み、肩が上からかぶさってきそう。服装こそ若づくりでも、これを着物にして座布団の上にのせたら、背中を丸めたおばあさん！

無意識のときの私って、こうなのか……。

写真の中へ踏み込んで、後ろから両肩をぐいとつかんで反《そ》らしたい。

でもって、言いたい。

「腹筋に力を入れて、肩甲骨を寄せて、胸を前へ突き出しなさい！」

この年になったら、もう、漫然と写真を撮られてはいけないのだ。

かといって逃げ回るのも痛々しい。

並んで待っているのに、ひとりだけ離れ、手招きしても呼んでも頑として近づこうとしない人がよくいるけれど、あれはあれでカッコ悪いもの。

せっかくの盛り上がりがしらけるし、恥ずかしがりを通り越し、自意識過剰なようで、待つ側からの視線もトゲを帯びてくる。

いいから早く入れよ、みたいな……。

日頃よりポーズを研究し、撮られるとなったら即座に、かつさり気なく、そのポーズをとれるようでないと。

あるお祝いの会で、同世代の女性と同席しました。催し物の司会をしていたことがあるという。

彼女といっしょのスナップ写真を後で見て、職業柄か、やはり撮られ慣れているると感じた。失礼ながら、私と同じ平たい日本人顔で、どちらかというと太めの丸っこい体型の人だが、なんというか、もっさりしていない。どのショットでも背筋を伸ばし、よく見ると必ずどちらかの肩を前に出している。体を斜めに振ることでメリハリがつくのだ。瞬間的に姿勢を正す。真正面からレンズに向かない。

この二つを心に刻みました。

・無意識のときの姿勢に〝老け感〟は出る。
・背筋を伸ばし、体を斜めに振ろう。

ヘアスタイルはカットが命

三ケ月ぶりに髪を切った。われながら若返った感じです。伸ばしてみて、それはそれで気に入っていたけれど、サロンの人がすすめる短めのスタイルのほうがやはり似合いそう。

もうひとつの発見は、ふくらみを出すのに必ずしもパーマは要らないのだなということ。

前の私はこう思っていた。

皮膚がたるみ、重心の落ちてくる顔の欠点をカバーするには、頭頂部の髪にボリュームを持たせないと。それにはパーマをかけないといけない。

でもカットの仕方によっては、パーマなしでもふくらみを実現することができる。たぶん毛量の調節とかレイヤーの入れ方とか、微妙な技があるのだろう。

そのサロンには、最近通いはじめた。女性誌の取材で行く機会を得たからです。

切ってもらっている途中からすでに「うん、なんかいい！」と感じて、「次回から自分のお財布でも来られるかしら」と周囲に人がいない間に価格表をすかさずチェック。

女性誌に載るだけあり、価格はややセレブめで、その先生のカットが一万円ちょっと。私がふだん行っている美容院のカット料金より高い。

しかしキレイが長持ちする。三ヶ月も間があいてしまうと当然伸びるが、その間ずっといい感じの形を維持していた。

前の美容院ではひと月半が限界で、前髪はそれすら待てず発作的にハサミを入れては「あっ、自分で切ったでしょう」と痛い指摘をされていました。

高めの価格でも月割りにすれば、むしろ安いと考えていいのかも。

パーマをかけなくてすむのも、コストパフォーマンスを上げている。前はひと月半に一回必ずかけていたのだから。

洗髪後もラク。パーマのうねりをブローで力いっぱい伸ばしたり、ふくらみを持たせるのに巻いたり盛ったりもしなくてすむ。

腕を肩より上げ続け、ヘアスタイルを整える作業をする根性が、年々なくなってくる身にはありがたい。

「年をとったらカットの上手《うま》いところを探しなさい。パーマよりも何よりもカットは土台よ」

年長の女性が言っていた意味が、はじめてわかりました。

切ってもらうとき、自分のしたい髪型にあまりこだわらないこともだいじ。

女性政治家にまま、いる。ヘアスタイルだけ時が止まっている、というか、ヘアスタイルだけ時を止めてしまっている人。

「あの髪型はけっこうイケてた」と思うスタイルが誰にでもあるだろうけど、顔そのものが少しずつ変わるし、その時々で「現役感」があるとされるスタイルも変わるもの。
したい髪型が、今の自分にベストな髪型とは限らないのだ。
でも、ロングヘアへの憧れもいまだ捨てがたい私。

・カットの上手いサロンを探す。
・「往時」のスタイルにこだわらない。

グレイヘアには踏み切れない……

20代から白髪のあった私だが、ヘアカラーにはなかなか踏み出せませんでした。

「一度染めると染めないわけにはいかなくなる。その後に生えてきたところとの境がくっきりだから」

と経験者から聞き、ならばできるだけ遅くはじめようと。

40代で白髪が増えてからも、しばらくはヘアマニキュアで対応してきた。あれだと少しずつ色落ちするので、その後に生えてきたところとの境が曖昧《あいまい》。それならいつでも撤退できる。

50歳を過ぎてヘアマニキュアでは物足りなくなり、ついにカラーへ。美容院で染めているが、やっぱり色がしっかりついて頼もしい。

いろいろ試してたどり着いた結論は、ある程度の年齢からは、カットは確かなところで、カラーは安さ優先で。

前はカットもカラーも同じサロンでしていた。それぞれ六〜七〇〇〇円。カラーは高いからといって長持ちするわけではない。二週間で目につきはじめ、四週間すれば根元から一センチはまっ白。

ブローするとき前髪に下からブラシを当てて、ぎょっとする。人前で不用意に髪をかき上げられない。がまんしてもう二週先延ばしし、六週間にいっぺん。

なるべく間をあけることで、一週間あたりの「単価」を抑えようとしていたが、今はカットとカラーのサロンを分けた。

カラーは二〇〇〇円くらいのところへ、四週間にいっぺん。カットほどは技術の差が出ないだろうし、多少出るとしても、「がまんの二週間」の髪の状況よりはましなはず。

お金をかけないためには、家で自分でするという選択もあるだろうけど、市販のカラー剤の商品代、さらに壁や床に飛び散って色移りしないよう、ごみ用のポリ袋など張る労力を考えると、どうか？

その店は、雨の日割引というサービスがあるので、それを使えばさらに安くすむし。

しかし低負担とはいえ、「四週間にいっぺん、一生これを続けていくのか」と思うと、果てしない気持ちになる。

はじめるまではあれほど慎重だったのに、すでに後戻りできない道に入り込んでいる。

「私は60歳を機に、思いきって止めた」

知り合いの女性はこう言った。今はありのままの白髪だ。

「すっごく、ラクよ」

しかし、白髪を放置し、あきらめているとかに見えないためには、あえて染めない「グレイヘアで行きます」という決断が、ライフスタイルの一環であることを、服装などと合わせてトータルに表現していなければ。

自分をプロデュースする力が要りそうで、必ずしもラクとは限らない。勇気と潔さのない私は、当面はカラーサロンに通いそうです。

- カットとカラーのサロンを分ける手もある。
- 白髪でいるには自己プロデュース力が要る。

何はなくともアイブロー

もし、メイク用品をひとつしか使えないとしたら、あなたは何を選びますか？　私はアイブロー。

かつてそれは私にとって、眉を好きな形に整えるものだった。流行やなりたいイメージに合わせ、太くしたり角を作ったり。

しかし、今はもっと切実。欠けた部分を補うものだ。

眉というのは年齢とともに薄くなる。

平安貴族の女性は、楕円《だえん》のように短く淡く眉を刷《は》いているが、今の私はあんなふう。眉尻側三分の一がほぼ消滅している。間違って剃《そ》り落としてしまったみたい。パーツを欠いたような妙な感じが、自分でもする。

シミも気になる。濃い眉は視線をおのずとひきつけるが、そうでないと肌の色むらが相対的に目立つのだろう。輪郭もなんとなく、ぼけた印象に。

出かけるときは必ず描く。支度はいつもぎりぎりなので、前髪の分け目から見えるほうだけ描くことも。

化粧ポーチにも入れていく。時間が経《た》つと落ちてくるので。毛のある眉頭のほうはまだ粉がひっかかって残っていても、肌にじかにのっているに等しい眉尻のほうはとれやすいのだ。

ある日メイクをしようとすると、アイブローが見当たらない。

どうしよう、出かけられない！

探した挙げ句、その前に持っていったバッグの底に転がっていた。化粧ポーチの口の隙間《すきま》から抜け落ちたらしい。

そのときの自分の焦りようから知りました。ファンデーションを塗らなくても口紅をつけなくても、眉を描かないことはもう考えられない！

こうしょっちゅう持ち歩いていては、いつかなくす。そのときに恐慌をきたさないよう、スペアを備えておくことにしました。

使っているアイブローは、カートリッジ式で、芯を含んだ先を付け替えるタイプ。ホルダーごとの全体を買うのはもったいないから、先だけにする。少々握りにくいけど、必要なのは芯なのだし、化粧ポーチに入れるには長くないほうがいいくらい。

出先で、さて使おうとすると、芯が出ない。えーっ、ホルダーに嵌《は》め込まないと出ない作りになっているのだ。

結局、泣く泣くまるまるもう一本購入。

それほどまでに、なくてはならぬものなのです。

・眉が薄いと顔全体の印象がぼける。
・アイブローは家用と携帯用を常備。

仕立屋さんで服を作ってみました

近所の仕立屋さんで服を作った。膝丈《ひざたけ》の綿ワンピースを二枚。そのどちらかとパンツかレギンスで、週のうち六日か七日を過ごしている。

この前たまたま読んだ記事で、女性スタイリストさんが、女性らしい着こなしを紹介していた。ポイントは「三つの首」を出すこと。

襟あきは深く、デコルテを見せる。

袖は五分か七分。

パンツは九分丈を。

鎖骨や手首、足首という骨張った部位を目立たせることで、華奢《きゃしゃ》さを強調するのだと。

記事下のプロフィールで、スタイリストさんの生年を思わず確認する。

引き算し、

「40そこそこか。なら、それでもだいじょうぶかも」

と妙な納得の仕方をした。

私が仕立てたのは、実はこの逆をしたいためなのだ。「三つの首」を保護したい。

店で売っている服は年明けのセールが終わると、いっきに五分袖や七分袖。どうかすると袖なしも。襟あきも深い。

風邪予防には「三つの首」をおおうこと、とよく言われるように、首、手首、足首が無防備だと体が冷える。既製の春夏の服は、私にはまだ寒く、梅雨過ぎて本格的な夏が来るまで、つなぎの服が要るなと考えた。

シャツブラウスのような襟があり、ボタンを留めれば首もとまでおおえて、インナーを着てもばれない。袖は当然十分袖、それら外せぬポイントは具体的に伝えました。

実用性だけでなく、女性らしさも兼ね備えた（つもり）。

胸にピンタックをたくさん入れて、ウエストから裾へ思いきり広がるAラインのデザインだ。

この型、好きなブランドの冬服にあったもの。生地はもっと厚くて、見た目春らしい薄い布で似たものを作れないか、現物を仕立屋さんに持っていき相談したのです。

シャツの仕立てが中心の店。ワンピースの型紙はなかったけれど、

「このシャツを、こう伸ばす感じで」

「襟はこのシャツと同じでいいですから」

ああだこうだのやりとりの末、限りなく近いイメージを実現！

仕立代は一万五〇〇〇円ほど。他に生地代が三〇〇〇円くらいかかる。既製品より高めだけれど、がまんして服に自分を合わせることをしたくなくなる年代、自分仕様で、結果こんなによく着ているなら、コストパフォーマンスは上々では。

好きな生地で作れるので、おしゃれ心も満たされている。

・実用性とおしゃれ心、外せないポイントは具体的に伝える。
・サンプルになる現物があれば持参。

ヒップの下垂を食い止める

体重の数値はこのところずっとキープできている。ときにより二キロ以内の増減はあるけれど、20代と同じ水準を維持。

でも！

経験から私は次のように言える。

体重は変化しなくても体型は変化する。

バストが年齢とともに下がってくるとは、前々から聞いていた。かつての私は、それは胸の大きい人の話であり自分には関係ない悩みだと思っていたのです。

が、これについても言える。

小さくても垂れる。

加齢による体型の崩れは肥満よりも下垂というのが、万人に共通の法則なのだ。

私はいわゆる下半身デブで、ヒップは大きい。服装の基本は、ウエストのくびれていないAラインのワンピースにレギンスだが、Aラインでも裾幅が狭めだと、お尻が張って形があらわになってしまう。

試着室の鏡に後ろ姿を映すと、われながらヒップの落ちを感じる。

バストアップについてはあきらめています。

いざとなればブラジャーで補正すればいいとの思いもある。バストの肉そのものは増やせないけど、パッドで厚みを盛ったり、バストトップを一、二センチ上方修正したりはできるだろう。

ヒップのほうが深刻だ。

ウエストを締め付けるのが苦手な私は、ガードルで補正することは考えられない。年とともに、より裾の広いワンピースを求めていくしかないのかなあ……。

「ヒップメイクに凝っているの」

数人の女性で話していたとき、同世代のひとりが言った。コンパクトなお尻を作っているという。

方法は簡単。お尻引き締め体操として雑誌にふつうに載っているようなものを、日頃から行う。

たとえば立っているときに、片足を伸ばしたままほんの少し後ろへ浮かせて戻す。あるいは片足を横へ少し開き、膝を軽く曲げて持ち上げ、閉じる。

その繰り返し。

どの動作も足をぶらつかせるのではなく、「お尻の頬《ほ》っぺたにえくぼを寄せる」イメージで縮めるのがだいじ。

寝る前の習慣にし、電車で吊革につかまっているときや、信号待ちのときも無意識にしていたら、ヒップが上がるだけでなく小さくなってきたそうだ。

居合わせた彼女の同僚も、「これ以上やると、お尻なくなっちゃいますよ〜」と笑っていた。

驚いた。お尻って減らせるものだとは！

お尻の肉の薄い人というのが彼女の第一印象だが、もともとではなくエクササイズで実現したものだったのだ。

以来、私も思い出してはしているが、習慣とまではまだなっていない。

努力せねば。

・小さな胸でも垂れ下がる。
・ヒップアップは日常のエクササイズから。

美容医療に興味しんしん

知り合いの女性にしばらくぶりに会ったら、肌がなんだかきれい。ファンデーションの厚塗りはしていないのに、白さとハリが増した感じ。下地クリームに秘密があるのではと思ったら、

「レーザーよ、レーザー。あれってシミがよくとれる」

レーザーって電気メス？　と言うと笑われた。

「美容医療って今、切るだけじゃないのよ」

昔のイメージでは美容医療というと整形手術。切って縫ってつり上げる。韓国では整形が一般的で、学生が就職活動のためにするくらいと聞くと、多少は抵抗感がやわらぐが……。

「いやいやいや、先々《さきざき》どう影響が出るかわからない。年とってからそこだけ

不自然になるのでは……」

それとやっぱり「ズルをしている」みたいな後ろめたさもあったのです。

知り合いの話でいちばん印象的だったのは、美容医療を受けているのを隠さないこと。

「周りもみんなオープンよ。クリニックの情報交換をしたり、お友達紹介カードをもらったり」

意識は変わってきているらしい。

受けたからって何も別人のように若返るわけでもない、というのも心のハードルを低くした。今は技術が洗練され、かつ多様になって、効果がマイルドなものがいろいろあるそうだ。

先々年をとったとき、不自然になるのではとの懸念に対しては、「先々って言ったって、私たち、すでに年をとってきているじゃない」という同世代の知り合いの言葉に、説得力があった。

さらに彼女は言った。

「ズルをしていると言うならば、ホルモン補充療法もそうなのでは」

彼女は私がホルモン補充療法を受けているのを知っている。

「婦人科はふつうに行っているのに、美容医療は躊躇《ちゅうちょ》するっていうのは、ある種の偏見なんじゃゃない？」

この指摘は鋭い。

関心がにわかにわいてきた。ことにシミ消し。

UVケアを長年おろそかにしてきた私は、そのツケが今になって回ってきている。

スーパーの日用品の棚でベビー用のUVクリームを見かけると、「こういうのをつけて育った世代にはかなわないな」と思うし、過去にさかのぼってシミのない肌を手に入れることなどできないのは重々承知。なのであきらめてきました。

「必要なときはファンデーションでごまかそう」と決め込んで、エステも美白化粧品も試さず、問題解決をはからずにきたが、改善できるのならば、受けてみたい。

今は雑誌の特集記事などを切り抜いて保存している。美容医療はちょっと勇気が要るけれど、そのうちぜひ挑戦したい。

- 「ズルをしている」の意識を変える。
- 若返りすぎない方法がいろいろある。

シミ取りに行ってみました

美容医療に行ってみた。

自分でも驚き！　エステも行かないのに、そこを飛び越え、いきなり美容医療とは。

きっかけは前項にも書いたとおり、知り合いから話を聞いて。

しばらくぶりに会うとなんだか肌がきれいになっているのです。

「シミ取りに通っているの」

あっけらかんと言う。

美容医療は私も将来行くことがあるかもとは思っていたが「最後の手段」という位置付けだった。が、何もそんな「最後」までとっておかなくていいのかも。

「シミは化粧品をつけてもなかなか改善しないじゃない。医療で対応するほうが断然早くて効果的」と知り合いは言う。確かにそうみたい。

ＵＶケアを怠ってきた私には積年のシミがあります。ケアのサボりの蓄積を美容医療で一発逆転できるなら！

知り合いと同じクリニックへ行くことにした。先生は40代とおぼしき男性だ。

先生の言うにはシミの原因はさまざまで、ひとりの顔にもいろいろなシミが混在している。まずは「ライムライト」を三回して、継続するか別のを考えるかしましょうと。

特殊な光を肌に当て、メラニンの排出を促すものだそうだ。

施術は看護師さんがする。仰向《あおむ》けに寝て、まぶたをゴム状のふたでおおい、顔全体にジェルを塗って治療器を当てる。数センチ幅のアイロンのような形とサイズ感である。

バシッ。イテッ。身じろぐ。

緑色の閃光《せんこう》がふたとまぶたを貫通する。

ライムライトというから私は、「バー　来夢来人」の看板が夜の街にうるんでいるようなぼわんとした灯りを想像していた。が、とんでもなかった。施術の刺激はよく「輪ゴムではじかれるよう」と形容される。なるほど輪ゴムに殺傷力はない。でも顔をはじかれれば相当痛いのも事実。手に汗を握り、足を突っ張り、一〇分くらいの施術に耐えた。

痛さの感じ方と治療効果には個人差がある。私はひと月に一回の施術を三回受けたが、痛さの割に効果を感じず「レーザートーニング」に切り替える。

メラニンそのものを破壊するもので、シミ治療で行われる基本の「レーザー」より低出力で広範囲に当てるそうだ。

こちらは先生が行う。まぶたのふたまでは同じで、ジェルは塗らない。先生の説明ではこちらは「熱した油がはねるよう」な感じ。なるほど熱い粒が当たる。産毛の焦げる匂いもする。

が、小さな点々であり、ライムライトのアイロンもどきのような面的な痛さでなく、点々は常に移動し、熱くてもすぐ通り過ぎるので、私にはこちらのほうがずっとラク。施術時間はやはり一〇分くらいだ。

週に一回、八回通った。ライムライトもレーザートーニングも跡は残らず、終わったら化粧もして帰れる。

レーザートーニングは効果を感じた。シミがなくなるわけではなく薄くなる程度だが、くすみが改善されるのと、熱による引き締め作用で肌にハリが出る。肌を底上げすると言おうか。

街中でときどきファンデーションの下から肌が輝いている感じの人がいて、「どんな下地クリームを使っているんだろう」と思うが、あれに近い。

レーザートーニングの後、私はよく「何かいいことあった？」「もしかして恋をしている？」と人に聞かれた。

まさか恋に似た効果があるとは……ウフフ。

一発逆転とまではいかないが、それほど劇的でないのもかえって安心です。

自分では「あのシミが消えていない、このシミも」と部分を気にするが、人は全体の印象を見るということもわかった。

費用はクリニックによって違い、私のところはどちらも一回約一万円。ふだん顔にも手荒れ用クリームを塗っていて化粧品にほとんどお金をかけない私は、そのぶんだと思って自分に許した。

効果の持続は、私の場合半年ほど。その後はまだ行っていないが、肌力《はだぢから》を上げるのにそういう方法があると知っているだけでも頼もしい。

・まさか恋に似た効果があるとは……。
・最後の手段と思い詰めなくてもいいかもしれない。

第 2 章

老化のこと

目はこうで…耳はこうで…

こまかな文字が見づらくなっています。

もともと遠視だったせいか、老眼になるのは早かった。試供品でもらうシャンプー類の小袋の字は、風呂に入ってしまってから、

「どっちがシャンプー?」

となり、メガネをかけに部屋へ戻ることもある。もっと大きな字で書いてほしい。

その割に耳の聞こえは悪くならない。よすぎるくらい。

人間ドックで聴力検査をすると驚かれる。機械につながるイヤホンをつけ、音がしたらボタンを押すというものだが、

「なんか蚊の羽音のようなものが遠くからしてくるけれど、この音のことで

いいのかしら」

とためらいつつ押すと、

「えっ？」

という顔の検査員。

そのくらいの音量に反応する人はめずらしい、子どもにはままいるが、と言われた。

混んだ電車は当然つらい。「うんちく語りたい男」が近くにいると頭が痛くなり、女子高生のグループと乗り合わせた日には特に。空いた電車もそれはそれで厳しいものが。

「今日も〇〇をご利用下さり、ありがとうございます。次の停車駅は……」

アナウンスが響きすぎ、天井に点々とついているスピーカーの位置を確認しながら、なるべく離れた席へと逃げて回る。もっと小さな声で言ってほしい……とは、そのくらいの音量でないと聞きづらい人もいるだろうから言えず、耳栓を持ち歩き自衛することにした。

つまり、見え方は補強し、聞こえ方は弱めるという、異なる方向の道具を使っている。

われながらアンバランスです。

90歳の父も聴力はいいらしい。室内にいて、

「あれ何の音？」

と問われて気づけば、ベランダの手すりに、風で飛んできたらしきビニール袋がひっかかってカサカサとこすれている。

こんなこまかな音を拾うとは！

台所で私がせわしく洗い物をする音など、さぞやうるさかったのでは。静かな動作を心がけるようにした。

父が入院中、看護師さんが父の耳元に顔を寄せ、

「××さーん、血圧を測ります。腕を伸ばして下さい」

と大声で呼びかけている場面に遭遇した。本人にすれば、耳元に拡声器を押し当てられ叫ばれるようなものなのでは。お年寄りは耳が遠いものと、一

律に考えての対応だろうか。

あるいは、年をとると、音として聞こえていても、意味をただちには呑み込めないことが多くなる（私もときどきある）が、それを「聞こえていない」と思うのかも。

「本人、聴力はいいので、ゆっくり話してみていただけますか」

看護師さんにお願いし、次に入院したときは問診票にあらかじめ書いておいた。機能の衰えは人それぞれだし、同じ人の中でも部位により違う。病院なり施設なりで過ごすことがあったら、環境ストレスを減らすために「目はこうで、耳はこうです」と自分からアピールするようにしよう。

・機能の衰え方はアンバランス。
・一律な対応には「私はこうなのですが」とアピール。

声を出して歌おう

声を出して歌うことってありますか。私は長いこと全然なかった。合唱サークルには何度か誘われながら参加せずじまい。口を縦に大きく開けて、波打つような声を出す。そういう気取った（と私には思える）発声をするのが恥ずかしく、音楽の授業でもほとんど地声で通していた。

その私が認識を改める出来事があった。

知人に付き添って病院へ行った。声がかすれて喉に違和感があるという。知人が「家庭の医学」のようなサイトで調べると、喉頭《こうとう》がんの症状に似ている。検査するのでついてきてほしいと言われたのだ。

先生の診断は病気ではないとのこと。

「声帯の萎縮《いしゅく》です」

声帯は筋肉で、年齢とともに衰える。ひらたく言えば老化現象だと。知人の後ろで聞いていた私は、意外な展開に驚いた。

筋肉と言えば思いつくのは筋トレだ。先生によると、鍛える方法はいろいろあるが、いちばん手っ取り早いのは歌うこと。それも腹式呼吸で歌うこと。歌謡曲のように鼻から息を抜いてニュアンスをつけるようなことをしない。正統派の発声で、声帯を思いきり引っ張り伸ばすようなつもりで。

知人ともども神妙に耳を傾けていた。加齢の影響はそんなところにも出てくるとは！

対抗策は歌だとは……はじめて知りました。


帰宅して見ると、うちには小学唱歌の本がたまたまある。手にとって目についた童謡を歌ってみた。

これがつらい。喉が詰まるようで、すぐにかすれて途切れてしまう。椅子に座ってなにげなく口ずさんでみたのだが、危機感をおぼえ、本格的に取り組みはじめた。

立ち上がって姿勢を正し、腹筋でもって押し出すようにする。私の言う「気取った発声」だが、照れている場合ではない。喉の力だけでは、もはや歌えなくなっている！

この年で直立して真剣に童謡を歌うことになるとは思わなかったが、これからはときどきそうして、声の老化をくい止めるつもり。

・朝起きてのかすれ声の原因のひとつは老化。
・口ずさむより、腹式呼吸で歌えば声帯の筋トレ！

家の中でも手袋？

知人の女性が待ち合わせの駅に手袋をして現われました。季節的には少々早い。

聞けば、防寒用でなく掌《てのひら》の保護のため。一念発起して家の中の整理をしたら、掌が荒れてしまい、吊革をじかにさわるのが痛いという。

「紙とか布とかずっといじっていたじゃない。皮脂が奪われて、がっさがさなの」

そうか、脂の問題だったか！

私も似たような経験がある。書類の大片付けを思い立ち、一日中、紙をつかんでは束ねていたら、掌が赤らんでかゆくなった。

「化学物質に反応したのか。インクとかに意外と刺激があるのかも」

と思っていたが、皮脂が紙に「流出」していた？

そこまでの症状でなくても、がさがさになるのはしょっちゅうだ。

布団のカバーを掛け替えたり、まとまってクリーニングから戻ってきた服を袋から出し、クローゼットに入れたりした後など。

あれも皮脂を布やポリ袋に取られるせいなのか。

皮脂の分泌量は、20代をピークに減少するという。肌を守る機能が衰えて、水分も失われがち。ただでさえ乾燥する冬は特に。

対策としては、とにかくまめにクリームを塗る、作業のときは手袋をする。水仕事はむろん、それ以外の家事でもと、さきの知人は言っていた。


早速買いに行きました。昔、テレビドラマに出てくるおばあさんが家の中でも手袋をしていたが、まさか自分もそうなるとは。

軍手は編み目が肌を刺激しそうなので、やわらかな布手袋にする。店員さんが宝石や高級時計にふれるときや、ドアマンさんが恭《うやうや》しくノブを引くときのような白の手袋。洗濯物をしまうときにはめている。「はき古したパンツをたたむのに、何をごたいそうな」と思うけれど、これからの私には必需品だ。

年をとると皮下脂肪がたまりやすくなるのが悩みなのに、一方で脂不足とは。皮「上」にどんどん出てきてくれればいいのにと思う。

- 年齢と共に皮脂が減って、掌が荒れやすくなる。
- 水仕事以外の作業でも手袋を。

外出の支度は早めに余裕をもって

目覚まし時計の音で起きた。

ばね仕掛けの人形のようにベッドを飛び出し、ただちに行動開始。

歯磨き、洗顔、UVクリームまでつけたら、いったん外へごみ出しに。

洗面台に再びはりつき、ファンデーションを塗りはじめると、あらら、なんだかめまいがする。

「気のせい、気のせい」と続けようとしたけれど、スポンジを持つ手がとてつもなく重くだるく、立っているのも困難に。しゃがんだ姿勢でもつらく、とにかく顔を上げると吐きそうになる。

「これは危険」と感じて、ひとまずベッドに逆戻り。

実はその日、新幹線に乗る予定がありました。家を出るはずの時間は刻々と迫るが、この調子では最寄り駅までも行けそうにない。列車を変更するけど、仕事の時間までには必ず着くと、関係者に連絡。

一時間ほどベッドにひっくり返っていたら、どうにかめまいはおさまった。起立性低血圧というものかも。起きたとたん、立ちっぱなしで行動していたし。

ふだんから血圧が低くはある。上が九〇、下が五五くらい。でも、それだから朝が弱いという意識はなく、

「起きられるも、起きられないもない。強引に起きるんだ」

と、家を出るべき時間から、支度にかかる最短時間を逆算して、目覚ましをかけ、鳴ったら即起き、いきなりフル回転。

そのパターンを改めないといけないのかも。

起立性低血圧は年をとると、なりやすくなるという。

最短なら一時間あればすむところを、二時間前に目覚ましをセットし、寝

たまましばらくストレッチするなり、座ってまずは新聞を読むなり、そろりそろりと始動する。

ひらたく言えば、余裕を持って行動する。

「余裕」。ああ、この二文字こそ、私の日常に欠けているもの。

これでも昔よりはマシになったのだ。服や持ち物は、あらかじめ揃えておいている。その日の朝、着てみたらボタンがとれていたとか、バッグに慌てて詰め込んで忘れ物をしたとかいう事態を防ぐため、前日のうちに準備しておくようになった。

若い頃には考えられなかった用心深さ。それなのに、その上、当日の支度にも、「余裕」を持たせないといけないとは。

一時間早く起きるとなると、睡眠時間を確保するには、一時間早く寝ないといけないわけで、前の日のスケジュールもゆるめにしないと。

つまりは全体的な時間配分にゆとりを持たせよ、ということ?

あれ以来、列車を遅らせられない朝は、早めに目覚ましをセットしているが、それでもなお起きるとき、「一か八《ばち》か」みたいな恐怖がある。あの朝の警告、かなり身にしみています。

- 服や持ち物の準備は前の日に。
- 起きてすぐフル回転は危険。時間配分にはゆとりを。

えっ、魔法使いと同居？

「近頃はなんだか魔法使いと同居しているみたい」

ずいぶん前に知り合いの年配女性が言っていました。

ついさっき置いたはずのものが、見るともう消えている！　不思議に思いながら探しても見つからず、別のところから突然現われる。

魔法使いがそばにいて、ものを隠したり移動させたり、いたずらを楽しんでいるかのよう。

「自分の家にいるのに魔法の館に住んでいるみたい」

高齢ながらかわいらしさの残るご婦人、メルヘンチックな比喩をするものだと感心したけれど、今の私にはわかります。かわいらしさとは無関係。魔法としか考えられない出来事がしょっちゅう起きる。

先日は大阪駅で。改札へと歩きつつ、バッグの中をかき回す。切符がない。左の内ポケット、右の内ポケット、財布の中にも。

ひとつ手前の新大阪駅では持っていた。新幹線から在来線へ連絡する改札でも、乗車券と特急券を重ねて入れて、

「ここで乗車券を取り忘れる人がよくいるが、注意深い私はそれはしない」

出てきた乗車券をしっかりつかんだ。

大阪方面行きホームに降りると、次の電車まで九分。時間を無駄にしない効率的な私。九分あればトイレに行けると判断、今来た階段を上りはじめる。そのときも切符を握り締めていた。

その先の記憶が飛んでいる。もしかしてトイレに置いてきた？

大阪駅の改札係員に平謝りし、新大阪からの一六〇円を払うだけで勘弁してもらった。

改札を抜けつつ、手にした透明ファイルを見る。目的地への地図を確認するためだ。するとファイルになんと切符が！

改札でもたつかないよう、そこを通るとき必ず使うファイルにあらかじめ切符を用意しておいたのだ。ああ……。

私の場合、この準備しすぎるクセが、魔法使いのつけ込む隙《すき》になるようである。

不在時に配達されたゆうパックを取りに、郵便局まで行ったときのこと。本人確認のための保険証を窓口で出そうとすると、ない。

なぜーっ？　いつも財布に入れているのに。

「ク、クレジットカードではだめですよね、はい。すみません、出直します」

すごすごと帰って探せば、二つ折りした不在配達票に挟んでバッグの中にありました。

窓口でもたつかないよう、あらかじめセットにしておいたのだ。

もたついてもいい。先回りして忘れるよりは。魔法使いに翻弄《ほんろう》されないいため、そう自分に言い聞かせた。

- 先回りしすぎるのも忘れるもと。
- もたついてもいい。一つひとつ着実に。

粗大ごみを出すときに

粗大ごみを出しました。

ああ、このたった一行ですむことに、なんと時間がかかったことか。

食洗機が壊れた。メーカーに問い合わせると、部品がなくて修理不能とのこと。

「まあ、いいか。なくても」

節電のため、なるべく使わないようにしていたくらいだし。

それにしても処分はどうしよう。取り付けは業者にしてもらったけど、取り外しは？

ネットで調べると、自分でできたという体験談が寄せられている。しかしその先、粗大ごみに出さないといけないのだ。取扱説明書によると、食洗機の重さは一九キロもある。

調理台から抱え下ろし、収集所まで運ぶことを思うと……。

ひと月くらいそのままにし、水切りかご代わりにしていた。が、通気性が悪く、食器がなかなか乾かない。

「買い替えるしかないか」

手洗いをしているが、疲れていたり風邪を引いていたりで、機械に任せたいときもある。年をとっていくこれからこそ、むしろますます必要になるかも。いろいろ考え購入を決意。

買い替えれば、取り外しから撤去までいっきに片が付くという期待も、そこにはあったのです。地デジ化でテレビを買い替えたときのように、入れ代わりに持っていってくれるだろうと。むろん有料ではあろうけど。

その考えは甘かった。

販売店で聞くと、回収するのはテレビ、エアコン、冷蔵庫、洗濯機の家電四品目のみで、食洗機は対象外。新しいのを取り付ける際、古いほうの取り外しまではするが、処分については有料でも応じていない。自分で粗大ごみの申し込みをするようにとのこと。

配送の日。段ボール箱をつぶして床に敷いておき、取り外した食洗機をその上に置いてもらう。マンションの収集所までは、段ボールの端を持って自分で引きずっていくつもりだった。

下ろしてみると思ったより場所ふさぎで、通るたびにじゃまになる。先延ばししていられない。気合いを入れて受話器を取り上げる。

ブラインドの収集も併せて依頼。壊れて取り外したのを、部屋のすみの壁にたてかけ、三ヶ月以上もそのままにしてあったものだ。軽いので運ぶのに問題はないけど、電話して申し込むのが面倒で、つい。

体力を要する作業だけでなく、それくらいの事を起こすのもおっくうになっている自分。

今からこんなことでいいのか。

できればもう粗大ごみを出さずに暮らしたい。買うときはよく考え、ていねいに使おう。それでもいつか耐用年数が過ぎるのは避けられない。そのときは今よりさらに腰が重くなっているかもしれず……。

悩み深いところです。

- 買い替え時、処分を頼めるか確認する。
- 重いものは、つぶした段ボールに乗せると引きずりやすい。

家の中でつまずいて

うららかな午後、私は家で洗濯物をとり込み、ベッドの上に置いたところ。これからアイロンをかけるものと、たたむものとをおおまかに分け、ベッドの下が引き出しなので、たたむそばからしまうのが常。

引き出しを開け、その前にしゃがんでたたみはじめてから、手を止める。アイロンを先に準備しておこう。スチームが出るまでは時間がかかる。その間にたたむことにしよう。

洗面所でアイロンに水を入れ、寝室に戻ってくると、あら、窓が洗濯物をとり込んだときのまま開いている。

「こういうのって、気づいた今、閉めないと、また忘れる」

アイロンを持ったまま、大股《おおまた》に窓のほうへ近づきかけ、激しく前につんのめる。瞬間、宙に体が投げ出されたかと思うような勢いで。

窓と自分の間には頑丈な木のテーブル。その角が目の前に。

とっさにアイロンをベッドへ放り、テーブルに手をついた。

テーブルと額の間は推定五センチ。すんでのところで、角で顔面を強打しそうに。「危なかったー」胸を撫《な》で下ろす。

反射的にこういう動きができるなんて、私の運動神経もまだまだ捨てたものではないのかも！　日頃のトレーニングのおかげかも！

悪くない気分の後に考える。

転んだわけは、ベッドの下の引き出しにけつまずいたから。洗面所へ行くとき、引き出しを出しっぱなしにしたままだった。そして水を汲むわずかな間に、そのことをすっかり忘れ、足元をまったく見ず、開いている窓へ一直線に歩み寄った。

記憶力の欠如、いや、注意力の欠如、両方というべきか。

「これを先にしておこう」
「あれを今」

次々に思いつき、頭の向く先もめまぐるしく移り変わる。その悪癖が、転倒、骨折という展開を導きかねず……。

自分に言い聞かせます。

引き出しは、その場を離れるとき必ず閉める。出しっぱなしをやめる。加えて、何かをしている途中で別のことをなるべくしない。

一方で、心がけてもそうすぐには直らないのが癖だから、ケガを防ぐためにもトレーニングはやはり続けておこうと思うのでした。

・ひとつのことの途中で次のことをしない。
・出しっぱなしは転倒をまねく。

相手のせいにする前に

知人から失敗談のメールが来た。注文したつもりの商品が届かず、発送を忘れているのではと問い合わせたら、実は注文していなかったという。

「年とともにますます他罰《たばつ》的な私」という結びの言葉に、ああ、わかる〜。

他罰的とは、ひらたく言えば、自分以外のせいにすること。

私も思いがけないことが起きるとよく、自分を疑うより先に、相手の対応の仕方が不完全なのではという気がして、心穏やかでなくなりがち。

先日もそれで大失敗しそうに……いや、したかも。

経緯が少々複雑だが、書くと。

Aの持病で父が入院、治療した。退院の日、看護師さんから説明を受ける。

薬は特にないとのこと。

入院前、Aの薬は近所のかかりつけ医にもらっていた。今後は飲まなくていいのかと尋ねると、

「もうひとつの持病のBの薬だけ、かかりつけ医の先生に引き続き出してもらって下さい」

そう聞いた〝つもり〟だった。

帰ってすぐかかりつけ医に行って報告。病院からの手紙を渡す。かかりつけ医が書いてくれた処方箋を、薬局に持っていくと、出てきたのはA、B両方の薬。

「かかりつけ医が処方箋を間違えたのでは」とまず思った。薬局から確認してもらうと、先生に電話口へ呼ばれ、

「病院の手紙には、これまでの薬を継続して出すよう書いてあります。こんな不確かなことでは薬は出せません。もう一度病院で聞いてきて下さい」

と言われてしまった。

そのときの私の心中は、看護師さんの説明か、病院からの手紙か、どっち

かが間違っている、自分以外の誰かのせいと、まだ思っている。だって私が聞き間違うはずがない。入院を経験しているし、この種の説明を受けるのもはじめてじゃない。

一方で「近頃は信じられないうっかりミスをすることもある。こんな大事なところで早とちりや思い込みをしていたなら、私、相当まずいな」とじんわり恐怖もわくのであった。

病院に電話し、説明してくれた看護師さんと話し、主治医に確認してもらう。結論は、

「A、B両方の薬を、かかりつけ医に処方してもらう」

かかりつけ医のところへ戻って詫びを入れながらなお、「私は悪くなーい」という声なき叫びが胸のうちにこだましていた。

でも頭を冷やせば、自分にも落ち度はある。看護師さんの説明を聞いたとき、Aの薬をやめていいなんて変だなと、なぜ思わなかったか。かかりつけ医の処方箋を薬局に出す前、なぜ確かめなかったか。

そもそも「私が正しいかどうか」なんて、事の本質と全然関係ない。大事なのは父が適切な治療と投薬を、病院とかかりつけ医、二つの機関で今後もスムーズに受けられること。それを自分のけちくさいプライドのため……。うっかりミスやもの忘れは、今後もたぶん多くなるだろうに、人生経験が変にあるぶん「私が～～するはずがない」と頑張ってしまいがち。気をつけようと、深くうなだれたのでした。

・「私が～～するはずがない」を疑ってみる。
・「誰のせいか」より何がいちばん大事かを考える。

第 3 章

暮らしのこと

ときならぬ大掃除

私はショックを受けている。

心配にもなっている。

事の起こりは新しい食洗機を買ったこと。

こまかな部分がよくできていることに感心する。たとえば、排水ホース。流しへ垂らし、洗うとき出る水を捨てるものだが、先のほうに吸盤がセットされている。使わないときはホースを引き上げ、本体の側面にくっつけておける。調理のときホースがじゃまにならず、ホースにもごみがひっかからずに、たいへん便利。

ここまでで皆さまには、すでに予想がついたでしょう。そう、ホースを上に向けたまま、食洗機を運転してしまったのです。

家で仕事をしていた日。

書きかけのものがあった私は、食べ終わった器をセットし、スタートさせて、すぐに仕事を再開する。

一段落し、キッチンへお茶を淹《い》れにいくと、調理台がなんだか濡れている。

「私ったら、よく拭かなかったのね。心に余裕がないとだめね」

仕事が少しは進んだ安堵《あんど》から、優雅に苦笑し……はっとする。

もしかして!?

果たして水はガスコンロのほうまで広がっている。お茶の缶を放り出し、拭きにかかった。

おそろしい。

上階だったら下の階に漏れて、たいへんな騒ぎになったのでは。でも床の水は意外と少なくすんでいる。

「今の食洗機はさすが、節水できるのね」

感心してから、またもはっとし、調理台下の引き出し、収納の扉を開けると、すべてから水が滴《したた》った。

鍋の一つひとつに水が溜《た》まり、ラップもホイルもフリーザーバッグも水浸し。巻かれた隙間《すきま》にまで水が入っている。

もったいないからゆすいで乾かして使おうかと思ったが、ただの水ではない。排水であることを考えて断念。ゆすいでも食べ物のかすが残り、これからの季節、腐敗して衛生上問題かもと。

引き出しを全部外し、洗って干し、扉式の収納も中身を全部出して拭く。ときならぬ大掃除になってしまった。

この頃信じられないようなミスが、ほんと多くてショック。

仕事のことで頭がいっぱいだったせいにしたいが、それにしても……。

テレビの認知症予防特集で報じていた脳を鍛えるエクササイズ、受けられるところがあるのだろうか。

それは今後の課題として、少なくとも食洗機については、これだけの失態を演じたのだから、もう同じミスをしないと思いたい。

スタートの前に必ず、ホースの向きを確認しよう。

あるいは、ふだんから流しに垂らしたままでいいかも。じゃまになったって、ホースが汚れたって。

調理台下の収納がきれいになったのだけは、気をよくしているのですが。

- 手順を一つひとつ確かめて行う。
- ショックなミスでも次へとつなげる。

ホットカーペットがしまえない

ホットカーペットをしまうのが、のびのびになっています。

「えっ、まだ敷いてあるの。梅雨なのにじめじめしない？」

人に話すとそう言われ、自分でも暑苦しいと感じている。見た目も、足の裏がふれるのも。

リビング、寝室、仕事部屋の三ヶ所で、ホットカーペット本体とカバーがあるから計六枚だ。秋に敷き込み、本来なら春に取り外す。その年二回の作業が年を追うごとにおっくうになる。

リビングを例にとれば、ホットカーペットの上には、ソファが二つにセンターテーブルがひとつ。その下にどうやって敷いたのか、自分でも不思議なほど。

ソファは二つとも重くて、よそへと運ぶことはできない。たぶん片側を一瞬だけ持ち上げ、床との間にできるほんの数センチの隙間に、ホットカーペットの端を入れて、少しずつ少しずつずらしていくのを繰り返して、なんとか敷き込んだのだろう。

今度はその逆をする。しかも引きずり出して終わりではない。

ホットカーペット、カバーのそれぞれをたたんで収納する作業がある。膝げりして凹《へこ》ませ、三つ折りなり四つ折りなりにし、家具と壁との間にしまう、というより隠す。

その作業を計六枚分することを思うと……体力的にいつまで可能だろうか。

「床暖房にすれば、その作業、全部なくなるわけだよなあ」

冬の間、幾度も抱いた床暖房への憧れが、またもふくらみます。

この機にリフォームを決行すれば、問題は一挙解決する。ホットカーペットはこのままで、業者さんに撤去、処分を頼めるのでは。

リフォームになかなかとりかかれないのは、どうせやるならあれもこれも直そうと、際限がなくなるからだ。

床暖房のみに絞ればいいのでは？

収納も水回りもこのままでいいのでは？

いや、風呂だけは手をつけないわけにいかない。床暖房と同じガスだから。浴室乾燥もできるようにとなると、部屋のどこかを突っ切って管を通すのだろうか。床をはぐか、もしかすると壁を壊して。

一時的な引っ越しはまぬかれなそう。

「引っ越し……」

食器棚が目に留まる。引っ越しとなると、あの中のすべてを一つひとつ梱包するのか……。

その作業を思い、頭がくらくらした。ホットカーペットとそのカバー計六枚をどかすのもこんなにおっくうなのに、それを回避するために家の中のもの全部をどかすことになるなんて本末転倒。

（こういうときに使う言葉か？）

夢はついえた。まずは地道にホットカーペットのことだけを考えよう。
夏までこのまま置いておけない。できることからしなければ。

・ホットカーペットの難点は重さと出し入れ。
・なるべく力の要らない現実的な出し入れ方法を工夫する。

家具を減らす

家具を減らす決断をした。

直径一メートルほどの円形のコーヒーテーブル。古い洋館の階段の手すりのような彫りが、脚に施されているもの。父が子どもの頃から家にあったという。

はじめは処分するつもりはまったくなかったのです。

むしろ家具がもうひとつ増える予定だった。父の家に置いてある革張りのソファベッド。以前私が贈ったものだ。

買うときは、それはそれは力を入れた。座ってくつろげるように肘《ひじ》掛けがちゃんと付いていて、なおかつベッドにしたとき存分に体を伸ばせる長さがあって、疲れにくい低反発素材のもの。張る革は十色以上から選んで注文製作。うす緑と青の中間にした。

明るい色で部屋のアクセントになり、それでいて落ち着いた茶色の家具にも合う。使わなくなったら私が引き取ってもいいように、自分の家のリビングの敷物や飾り物との相性まで考えた。

そういう経緯の品なので、実際父の家で不要になっても、処分なんてあり得ない。当然こちらに持ってくる気で、寸法を詳しく測る。

今リビングの壁際にあるコーヒーテーブルをまん中の方へ出し、後ろにソファベッドを置くならば、「うん、なんとか入りきる」。

でも……われに返ってシミュレーション。そうするとリビングがまた狭くなる。今でさえ毎冬ホットカーペットを敷くのがたいへんなのだ。コーヒーテーブルを持ち上げ、ホットカーペットを足で押し込み、操作パネルにかぶらないようセンチ単位で位置をずらす。

ソファベッドが加わると、操作パネルは完全にその下になる。

ソファベッドがあったって、私、それに寝るだろうか？

客が来たときのため？

この家に住んで一六年間、泊まりがけの客なんていっぺんも来なかった。

あの色のソファとコーヒーテーブルでお茶したら、すてき。でも、そもそもこのコーヒーテーブルでお茶したことはあったっけ？

飲むのはいつも食卓だ。目にしてなごむ家具だけど、本来の用途では役に立っていないのだ。そして直径一メートルは、見て楽しむだけにしては場所を取りすぎ。

「どちらも思い出のある品。簡単に手放していいのか」というためらいもある。が、それを言い出せば、この先私はモノに埋もれた人生を送るだろう。

ある程度の年になれば、身辺に「思い出のない品」などひとつとてない。思い出は、モノにでなく心にあればいい。そう割り切らないと。

幸いソファベッドは姉が引き取ると言ってくれ、わが家のコーヒーテーブルもこの機会に譲ることにした。少しさびしくはなったけど、同時にすっきりした気持ちもある。
ホットカーペットの出し入れはほんとうにラクになった。
処分したのを今は後悔していません。

・処分できないと決め込んでいないか。
・スペースと使用頻度をよく考える。

もう履かない靴、これからも履きたい靴

家にモノは多いけど、使っているのは一部に過ぎない。箸でも皿でも食器戸棚から出すとき、使いいいのをとっさに選んでいて、結果としていつも同じものになる。

靴もそう。若いときは見た目や気分のためならば、少々足が痛くてもがまんして履いていた。今はほんとうに快不快に正直。ちょっとでも履くのがつらいと、履かなくなる。

コンフォートシューズの履き心地を知ってしまってからは、パンプスはほとんど処分した。

数年前のことです。

久々に玄関の靴入れを点検すると、その後なお履かなくなったものがある。

一足だけ残しておいたパンプス。改まった場所へ行くとき黒は要るなととってあったが、この前の法事にも履いていかなかったから、もう意味ないかも……。

コンフォートシューズでも、しまいっぱなしのがある。ヒールがやや高めのは、青信号の点滅につられて駆け出すとき、ぐらついたことが何度かあって、捻挫《ねんざ》の危険を感じたのだった。自転車のペダルを踏むにも不向き。

両方とも処分しよう。ひたすら実用本位になり、履く靴の範囲はどんどん狭くなる。

その代わりストライクゾーンにはまったものはとことん履き通します。

学生靴のようなスリップオンでフラットな黒のコンフォートシューズは、黒のレギンスに合わせて来る日も来る日も履き続け、縫い目の糸がほつれてきた。甲をおおう逆Uの字の部分とへりとを継いである部分だ。

買った店に持っていくと、修理はできないと言われてしまった。

もう一足は同じくフラットな黒のコンフォートシューズだが、ややフォーマルめのデザイン。少女のお出かけ革靴のように、ストラップで留める。この前の法事もこれですませた。

パンプスなき今、改まった場所へ履いていける貴重な靴だ。

ところがこれも酷使しすぎたのか、爪先の底のラバーがはがれてきた。フォーマルにも通用する靴で、これだけの履き心地のを店で新たに探すのはたいへん。

私は考えた。「自分で修理してしまえ」

ゴム用の接着剤をラバーと爪先との間に注入。強度を増すため、かなり多めに。乾くまで洗濯ばさみで留めておく。

くっつくことはくっついたが、シロウト仕事の哀しさ。継ぎ目からはみ出た接着剤が黄土色に固まり、こびりついている。こそげ落とそうとしても落ちない。

再び考えた。「黒く塗ってしまえばいいんじゃない?」

黒の油性ペンで塗ってしまえば、周囲と同じ色。質感は少々異なるが、人の靴の爪先をそこまで注意して見る人、いないはず。

耐久性がどれくらいあるかわからないけど、直してはできる限り履き続けるつもりなのだが……さて。

・足が痛いもの、ぐらつくものは処分。
・修理してでも履き続けたい靴を残す。

修理を依頼する前に

掃除をしていて、テレビの画面にずいぶんホコリがついているのに気づいた。きれいにしよう。ホコリを拭いて、その手を伸ばし、ついでに本体後ろのほうのテレビ台も清める。

テレビの前に戻って見ると、画面の枠がまっ黒だ。テレビを消しているときも小さな赤い光が、画面下にいつも点《つ》いているのに。

不安になりリモコンを操作すると無反応。プラグが外れていないか、その他の接続部がゆるんでいないか、確かめても同じこと。

「映りが悪い」くらいではなく「映らない」とは大事《おおごと》だ。

どうしよう。

テレビはデータ放送で、日々のニュースや気象情報をチェックするのが習慣になっている。出張修理に来てもらいその場で直ればいいけれど、引き取りとなったら、どれくらいの日数がかかるのか。

いずれにせよ修理が必要。保証書を探す。延長保証に入っていたはず。延長保証の案内は取扱説明書（略してトリセツ）に挟んであった。

ここは落ち着いて事を処さねば。

保証期間内であることを確かめ、電話番号を確かめ、型番を聞かれるだろうから、「えっ、そんなのどこにあるんですか」などとうろたえて失笑されることのないよう、前もってそれも確認する。

準備万端整えて電話。リモコンに反応しないこと、待機中のライトも点いていないこと、接続は確かめたことを話すと、電話口の男性は、

「本体の電源はさわっていないんですね？」

「えっ？」

と詰まり、そんなのどこにあるんですかと、言うまいと思ったまさにそのセリフが口から出そうになったが、場所もわからないものを、さわるはずが

ない。

「いいえ」と答え、同時にハッとする。

テレビ台の本体後ろ側を拭くとき、画面の向かって右から腕を差し入れた。

そのとき偶然ふれたのでは。

「ちょっと待ってください」

画面枠の右側面に手をはわせると、見た目は平らだが押すと凹《へこ》む箇所があり……点いた。

「ありました！　すみません、解決しました」

謝って電話を切る。

ふーっ。失笑の息は聞こえなかったが、たぶん呆れていただろう。

しかしはじめて知った。本体に電源があることを。設置のときは配送業者がリモコンで操作できる状態にまでして、引き渡されたのだ。延長保証の期間や型番を確かめるような理にかなった行動ができるなら、「受話器をとる前にまずトリセツを読め」と言いたい……のは、私より電話口の男性のほうだろう。

すみません。設置のときも、次からは、業者に任せるにしてもそばで見ているくらいはしよう。

それは今後の教訓として、日々の習慣を保てることに、まずはほっとしたのでした。

・修理の電話の前に、型番を確認し、トリセツを読む。
・案外、電源が入っていないこともある。

古いトリセツが捨てられない

この数年モノを減らしている。クローゼットをはじめ、目についたところのモノを少しずつ処分。服、ストールなどの小物、食器……。

でもまだ手つかずのジャンルがあった。今、修理を依頼するときは、まず確認してと書いたばかりの電気製品の取扱説明書〝トリセツ〟。

テレビのそばの収納の扉をたまたま開けたら、出てくる出てくる！　電気製品関係の冊子や紙。

うちってこんなに電気製品があったっけ？

このアイロン、昔のじゃない？

ホットカーペットもこの後また買い替えたんじゃない？

どれも本体はとうにないのに、説明書だけ残っている。冷蔵庫や洗濯機を設置する際の注意書きまで。

設置がすんだら用済みのはずでもとってあるのは、「いつかまた引っ越すことがあるかもしれない。そのときに要る」と考えてのことか。

自分で設置するわけでもないのに……そもそもできないのに……ここに来たときも運送屋さんに頼んだのだった。

自分でできないからこそ、とっておきたくなるのかも。

「私はちんぷんかんぷんだけれども、この紙を見せれば、なんとかなる！」と信じている。

保証書とセットなのも捨てられない一因だ。でも保証の対象である一年の間に故障して修理を申し込んだことなど、過去に一度もなかった。

延長保証の五年間だってそう。延長保証は量販店が設けているもので、買い上げ額の五パーセントを保証料として代金とともに支払う。私はあれを「ポイントで客に還元する一〇パーセントの半分を取り戻す策なのでは」とにらみつつ、安心料と思ってついつけてしまう。

今回出てきた延長保証書の何枚かは発行がもう潰れた店だった。冊子や紙をどけると、その奥にはバッテリー、コード、ケーブルの類《たぐい》。どれがどの電気製品のか、差し込みの形が同じなら共有できるかどうかもわからない。

パソコンやデジカメについてきたらしいCD-ROMだかDVDだかもある。その区別すらつかない私としては、とりあえずとっておくのが無難そう。本体が何かがわからないと判断ができないのだ。

もうわが家に存在しない製品のトリセツと保証書はさすがに処分したが、それ以外は結局元に戻した。

捨てられない根本には、私が電気製品に疎《うと》いことがある。

服みたいに単にもったいないだけなら、「いつか着るかも」の「いつか」は来ないと思い切れる。

電気製品は判断がつかないだけに「何かのとき、ないと困るかも」の縛りが、他のジャンルに比べて強力なのだ。電気製品の進化に追いつけなくなるほど、捨てられないものが増えていきそう。片付けのブラックゾーンとなっています。

・本体のないトリセツは迷わず処分する。
・コード類は買ったときに何の付属品かわかるようにしておく。

遅ればせながらスマホ

携帯電話をスマホに買い替えた。

「世の中の私以外の全員がスマホになっても構わない。私は今の使い慣れた携帯《ガラケー》でいく」

というつもりだったが、そうもいかなくなってきたのです。

携帯の充電する部分が劣化して、どうしても買い替えないといけないことに。それならば、スマホにしよう。

スマホだとパソコンのメールを読むのに便利と聞く。今使っている携帯では、ショートメールしか受け取れず、二泊三日以上の出張だと、その間仕事のメールを放置するのがさすがに気になっていた。

ドコモの店に足を踏み入れ、つくづく感じたのは、「私って情報機器弱者だな」ということ。

並んでいる商品をどう選んだらいいかわからない。スマホとひと口に言っても、こんなにいろいろあるのだとは。

とりあえずシニア向けのを手にとる。

今、持っている携帯もシニア仕様だ。使っている機能は通話と目覚まし時計のみ。ショートメールも、この春父が入院したとき、姉との連絡の必要に迫られ、ようやくはじめたくらいである。

機能がより複雑化しているだろうスマホでは、シニア向けのいちばん簡単なのが関の山。

最初の画面に、「電話」「メール」と大きく日本語で書いてあり、見やすい。

しかしこの「メール」とは、パソコンのメールも受け取れるのか。

そういう機能がついているのか、いないのか。

そもそもその機能は、この四角い板の中にはじめから仕込まれているのでなく、買った後でどこかからダウンロード（？）して入れるのか。そのへんからしてちんぷんかんぷん。

基本的にひとりで事に当たるタイプの私だが、このジャンルでは方針を変えることにした。

わからなければ人に聞く。これしかない。

「すみません、機種選びを手伝っていただけますか」

フロアにいた案内係にお願いする。

機種の一個一個につき説明を受けても、たぶん頭に入らないから、自分の必要を先に言いました。

1. 私がスマホでしたいことは、通話とパソコンのメールのチェック。
2. インターネットは使うとしても、せいぜい出先で地図を探すくらい。動画、ゲームは要らない。
3. 家にパソコンはあるので、スマホでパソコンを兼ねる使い方をすることは考えていない。

カウンターで契約内容を決めるときも、なるべく落ち着いた口調で同じ話を繰り返す。

情報関係のみならず家電や住宅設備など、身の回りの機器が進化し、ついていけなくなる場面が、これからもどんどん出てくるだろう。自分の使用目的と必要を見定めて、発信するほかはない。

それが機器に疎い人間の生きる道と悟ったのでした。

- 恥ではない。わからなければ聞くのをためらわない。
- 自分の使用目的と必要を言えるようにしておく。

シニア向けの家計簿

年末が近づくと、書店で家計簿が目につく。30代でいちどトライし挫折して以来、近づかずにきた売り場である。

つけなくていい理由は、いくらでも思いつきます。

「だって、そもそも月々の収入が、私の場合、決まっていないし……」

「保険料とかの固定支出といわれるものだって、年に一回まとめ払いしているから、月々なんてわからないし……」

何にいくら引き落とされたかは、銀行の通帳でわかる。日々の支払いに使うカードは一枚に絞っていて、そちらもウェブ明細で確認できる。この二つが私にとっての家計簿代わりだ。

月に一回メールで知らせがくるカードの利用明細と総額をチェックして、

びっくりするほど増えてなければ、まあよしとする。月に一回通帳記入して、残高がびっくりするほど減っていなければ、家計管理はまずまずできている……そのつもりでいた。

しかし老後の備えも必要な今、そこまでおおざっぱなのはどんなものか。いちばんの問題は、すべてが事後の把握である点だ。「あー、今月はこれくらい払ったんだ」と、使った後ではじめてわかること。「月々これくらいは使うんだ」と事前に知っておいたほうがいいのでは。でないと蓄えなんてとても無理そう。

早い話、「四の五の言ってないでつけなさい」と自分を叱咤《しった》したのである。売り場にある中で、いちばんつける気が起きそうな『シニア世代のシンプル家計ノート』を買ってきた。

文字が濃くてはっきりしているのと（これは大事！　老眼になると薄い字がとにかく読みづらい）、記入欄が広く、日付、費目ともにフリーで万事にゆったりしているのがいい。価格も税込みでも五〇〇円でおつりが来る。

一月からはじまるが、予行演習することにした。

通帳を開いて、一月の最初のページにある「固定支出や口座引き落としのお金の内訳」欄に従い、該当するものを紙に抜き書きする。

電気代やガス代など季節による差の大きいものは、今年一年の実績から、だいたいの平均値を出す。

固定資産税や年金、保険料といった年一回のまとめ払いしているものは月割りにした。

額が変わらぬマンションの管理費、月々必ず引き落とされるジムや加圧トレーニングの費用も入れた結果、「えーっ、こんなに」。月々一八万円！　自宅のローンはすでに完済したが、それでもこの額。

65歳（？）になったら払い終わるであろう（この？にもおおざっぱさが表われている。恥ずかしい）保険料などを除いても、なお九万円超え。決まって使うものだけで、国民年金の受給額を上回る。

一つひとつの額は千数百円から。服やバッグに比べて小さなものがほとんどだが、合計するとインパクト大。

通帳に個別に並んでいたときはつかめなかった家計規模だ。

どこまで減らせるか自信はないが、書くだけダイエットと同じで、「つける」のがはじまり。来年は記入できるところから記入していこう。

・通帳記入とカード明細書も記録にはなる。
・しかし、現実とシビアに向き合うのはやっぱり家計簿。

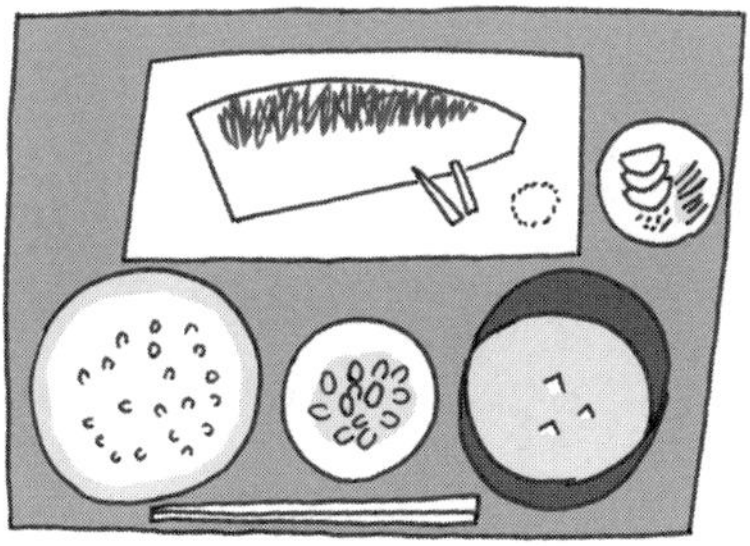

第 4 章

からだのこと

健康診断、受けていますか

元気なお年寄りのインタビューを読むと、健康診断については二つのタイプに分かれるようだ。人間ドックに定期的に入るなどしてまめに検査を受けている人と、まったく受けていない人と。

89歳の知人女性は後者のタイプで、

「この年まで生きてきたんだもの。病気になったらそのときはそのとき。それが私の寿命なんでしょ」

と日頃から言い、でんと構えていらっしゃる。ごりっぱです。

そういう自然体の人のほうがかえって長生きできるのかもなと思いつつ、賭けでもあると感じてしまう。その人はたまたま何ごともなくきたけれど、誰でも同じようにうまくいくとは限らない。「この年まで生きて」いない老い途上の人間としては、やっぱり検査はしているほうがいいのではと思ってしまう。

彼女のように肝《きも》のすわっていない私は、人間ドックを受けたり、ちょっとした不調でクリニックにかかったついでに血液検査したりしている。

問題は受け止め方だ。

同世代の知り合いは、私同様まめに調べるタイプだが、血液検査で腫瘍マーカーの数値が高かったという。腫瘍マーカーというのもやっかいで、がんでないのに上がることもある。

当人もそうと知りつつ、いざ自分に高い数値が出るとやはり不安で、マンモグラフィやエコーなど、そのマーカーに関連するといわれるいくつかのがんの検査を受けた。

結果、異常なし。

「一年後くらいにまた検査しましょう」で終わったという。

「そう言われても、割り切るのがたいへんじゃない？」と私。

気の小さい私なら、がんはあるのにその病院で見つけられなかっただけなのではと、疑心暗鬼になってしまいそうだ。

彼女もはじめはそう考えていたそうだ。

「でも、やめたの。キリがないから。ないと言われたら、ないと思うことにした。専門家がそう言っているのに、あるはずと言い張るのも変じゃない」

確かに。

検査をまったく受けないのもリスキーだけど、数値だけに振り回されないようにしようと思ったのでした。

・悪い数値が出たら、次の検査を。
・けれども、結果に振り回されすぎないこともだいじ。

危ない低栄養

私たちが食事で気にしているのは、栄養のとりすぎになることだろう。ちょっと油断すると、一キロや二キロすぐに増える。

運動を何もしなくても、いわばゴロ寝をしていても消費するエネルギーを基礎代謝というが、その量は年齢とともにどんどん下がる。

つまり、以前と同じように食べていては、自然と太ってしまうというわけです。

生活習慣病のことを考えても、肉や油っぽいものは控えて、魚や野菜を中心にする。たまにはベジタリアンふうの食事で、おしゃれにヘルシーに。おかずは栄養の基本だからしっかり食べて、糖質であるご飯を減らして調節。

女性がふつう心がけているのは、こんなあたりでは。

ある新聞の記事を読んで、どきっとした。高齢者で低栄養だと、死亡リスクが上がるという。

問題は、自分が低栄養と思っている人は少ないこと。記事には要注意の人のチェック項目が挙げられていた。

・肉は体によくないのでもっぱら魚。
・牛乳や乳製品は二日に一回以下。
・主食をとらずおかずだけですませることが多い。
・年をとったらあんまり食べなくてもいいと思っている、などなど。

私、結構あてはまります……。

自己判断は禁物、ということか。

栄養管理に関しては、父の介護でも仰天したことがある。

風邪ぎみで、お医者さんに往診に来てもらったら、

「栄養状態が悪い」

と言われてしまったのです。

栄養状態が悪いと、風邪を引きやすかったり、引くと治りにくかったりと、健康上いろいろ支障が出ますよと。家族みんなは大ショック。

ものが嚙めず、誤嚥《ごえん》もしやすい父は、流動食だ。

流動食で手っ取り早く栄養をとれるのはポタージュスープやシチューだろう。市販のそれらは肉やバター、クリームなどの乳製品を使い、エネルギーたっぷりだ。

ところが父は脂肪を控えよとも言われている。胆囊炎《たんのう》で何回も入院し、そのときに指示されたことだ。

ゆえに家族は、ご飯はお粥にし、おかずは白身魚や野菜を蒸して裏ごししたり豆腐をすりつぶしたりと、涙ぐましいまでの工夫をしてきた。体によかれと思う努力が、かえって危険を招いていたとは。

中年では、摂りすぎに注意と言われ、高齢者は摂らなすぎに注意と言われ、ではどの時点で切り替えればいいの？　という感じ。

自己判断が難しいなら、定期的に血液検査を受けるとか、何らかの「第三者の目」が必要そう。

- 50代になったら、体にいいつもりがリスクになることも。
- 自己判断に頼らず、時々は「第三者の目」でチェック。

定食屋さんに入る

郊外の駅からやや遠いところへ、法事に行ったときのことです。知人とともに駅まで戻り、くたびれた顔を見合わせ、どこかでお茶でも飲んでいく？　それとも食べてしまおうか？

知人が指さす看板は、定食のチェーン店。私にははじめて入る店である。メニューを開いて驚いた。魚のおかずが結構あるんだ！　白身魚を大根おろし入りのつゆで煮たもののセットを頼んだ。運ばれてきてまた驚く。野菜も結構とれるんだ！

おろし煮そのものにも、れんこんや人参などの具。外食でとれる野菜は、申し訳程度に付いてくるサラダくらいと思っていたら根菜までも。外食に対する観念、変わりました。

遅めの夕飯の時間帯。店内は会社帰りと思われるスーツ姿の若い男女でいっぱいだ。

「もし今、ひとり暮らしをはじめたばかりだったら、私もここを頼りにするだろうな」

と思った。栄養もとれるし、なんたってラク。

実際その晩の帰宅後は、着替えて風呂に入るだけ。スーパーで材料を買ってきて、料理し後片付けという作業が全部なくてすむ。夜の時間にゆとりができるし、疲れもとれるのではないかしら。

次の日も法事の続きで、昨夜の知人といっしょに同じ店へ。私は白身魚の甘酢炒めのセットを注文。野菜や魚をとらねばと頑張って家で作っていたのは何だったのかと、拍子抜けするほど。このラクさ、クセになりそう。

その次の日は法事はなかったけれど、仕事帰りに「あのチェーン店、うちの近くの駅前にも確かあったな」と看板を探して行った。焼き魚のセットを注文。三日続きの解放感だ。

が、心が軽いのと裏腹に、体は重くなってきた。便秘である。繊維はそこそことれているはずなのに、野菜と魚、野菜とご飯などのバランスが家での食事と微妙に違うのか。

ご飯そのものも家では胚芽米や玄米だ。分量も、自分でお茶碗によそうとき「今日は胃腸が活発でないな」とか「この数日、運動していないな」と無意識に加減しているのだろう。

油や調味料を、店では多く使っている感じ。おろし煮も甘酢炒めも魚をいったん揚げてあった。油を忌避して焼き魚にしたわけだが、小鉢、漬け物、一つひとつの味が濃い。食べ盛り、働き盛りの若い人に満足してもらうためには、仕方ないでしょうけれど。

はじめてメニューを見たときは選り取り見取りに思えたのに、意外にもたった三日で飽きてしまった。

デリカテッセンが最寄り駅のビルに何軒も同時オープンしたときも、そうだった。

最初はあれもこれも野菜たっぷりで目が迷うほど。「こんなのできたら、家で作る必要なくなるのでは」と思ったけど、今は素通り。自分で調節できるほうが、やっぱり体の調子がいい。

新聞に92歳の女性からの投書が載っていました。この年になったんだから「料理はもう嫌」と言っていいんだと思い、三食付きのケアハウスに入居したと。

そういう選択も将来的にはありとしながら、体力の続くうちは「基本、自炊。たまの外食も可とはする」くらいでいくつもりです。

- 基本自炊にしても、たまの外食で時間的ゆとりを。
- 自炊のよさは、体の調子に合わせ量を調節できること。

加圧トレーニング、続けてます

人と世間話をしたときにいちばん興味を持たれるのが、加圧トレーニング(以下、加圧と略)のことだ。

「加圧をしています」と言うと、

「で、どうですか?」

必ずといっていいほど聞かれる。

腕や足のつけ根にベルトを巻き、血流を抑制することにより、短時間のトレーニングでも効果を上げるもの。私は老後のためにはじめた。将来の要介護リスクをなるべく下げたい。それには転倒を防止したい。それには筋肉をつけておきたいという遠大な計画です。

週一回、一回につき三〇分。通って二年余りの感想をひとことで述べれば、とてもいい。

ムキムキになった……わけではない。腹筋は割れていないし、食べた後、相変わらずおなかがぽっこり。でも、たとえばお風呂に入るとき、髪をまとめようと両手を上げた瞬間など、鏡の中の自分に思う。

「おっ、ギリシャ彫刻！」

二の腕から肩にかけて、たくましく隆起。服の袖が短い夏には、力こぶを作ってみせ、周囲の反応を楽しんだりしてみた。

加圧をはじめる前も運動はしていた。ジムで週二、三回、自己流のマシントレーニングを数年間。でも効果はあまり上がらなかった。なのに加圧だと週にたった三〇分でこうなるとは！

体重は減らない。腿《もも》なんてむしろ太くなった。

筋肉がついたせいだろうか？

体脂肪率も……減っていない。ジムも続けており、風呂に入りに行っていて、ついでに体脂肪計にのるのだが、「あの体脂肪計は性能が悪い」と思うことにしている。

あるいは、「本来ならエイジングにつれ体脂肪率が増えるはず。それをくい止めているだけでも、たいしたものだわ」と。

数字の問題以上に、日常の動作全般が前より少しずつラクなのがうれしい。重い掃除機を運ぶとか、布団を持ち上げ、物干し竿にひっかけるとか。

いちばん感じるのが、同じ姿勢で腰かけていないといけないとき。前は乗り物や店の椅子に二時間座り続けるのもつらかったけど、気がつけばそうでもなくなっている。

体幹の筋肉がついて支えられるようになったのか。循環がよくなり、腰痛の原因のひとつとされるうっ血が改善されたのか。

計画が将来的に達成されるかどうかはわからないが、今現在のQOL（生活の質）は上げてくれているような気がします。

泣きどころは料金。一回六〇〇〇円（私の通っているところの価格。施設により三〇〇〇円台からあるらしい）するので、二年余り経過したところで二週に一回にした。それだって将来、国民年金の受給額から捻出するのはたいへんだが、できる限り続けるつもりです。

・将来の要介護リスクを下げるために身体を鍛える。
・トレーニングすることによって、今現在の生活の質が上がる。

風邪がきっかけで

知人の介護しているお母さんが、なんと、立てなくなってしまったという。ベッドから床へ足を下ろし、尻を持ち上げてもらおうとしたところ、動かない！　下から押しても、引っ張っても。

思い当たる原因はあったという。風邪で一〇日ほど寝ついていた。その間知人は、母親が痰《たん》をノドに詰まらせないように必死。治った後のことまで考える余裕がなかった。食事もトイレもすべてベッドの上で。

ようやく治り、「さあ、今日から椅子の生活に戻りましょう」となったら、この事態。風邪を引く前は、補助具につかまりリビングまで歩けていた。たかだか一〇日でこうも衰えてしまうとは。

「風邪がきっかけで寝たきりになるって、話には聞いていたけど、こういうことだったのね。年とってからの風邪はホントウにこわい」

完全に立てなくても、お尻をちょっと自分で浮かせられれば、知人ひとりの手助けでベッドから室内用車椅子に移れるが、それができないのだそう。

私たちがなにげなくしているそんな動作も、腿の筋肉を使っているのだ。

二人がかりで抱えて車椅子に乗せても、その先でまた筋肉が要る。背中の筋肉や首の筋肉で胴と頭を支えられないと、座位を保てず、ずり落ちてくる。

「筋肉って思っているよりずっとだいじなのね」と知人。

高齢者に限った話ではない。

人は横になったままだと、二日間で一パーセントの筋肉が落ちていくとか。

運動をせずふつうに過ごしているだけだと、加齢により年に一パーセントの筋肉が落ちていくというけれど、わずか二日で一年分!?

インフルエンザでダウンでもしたらたちまち……。

風邪とインフルエンザにはくれぐれも気をつけないと。

うっかり事故で骨折なんかもしないよう、階段や自転車は要注意。疲れた日もゴロゴロするのはほどほどにしないとかえって逆効果になってしまう。

正月といえば、介護のため親の家でふだん以上に体と神経とをつかう私は、年明けになじみの店で聞かれる
「お正月はゆっくり過ごされましたか」

との質問に、

「いつか寝正月というのをしてみたい」

と老後の楽しみにしていたが、その願望をきれいさっぱり断ち切りました。

知人は、お母さんに椅子での暮らしを取り戻してもらうべく、訪問リハビリを申し込み、早々に訓練をはじめたそうだ。

・運動を何もしないと、加齢で年一パーセントの筋肉が落ちる。
・体を休めようとゴロゴロするのはほどほどに。

的外れな初期対応

言ってしまえば「風邪で寝込み、まる二日間棒に振った」だけの話なのだが、それに至るまで、なんと的外れなことばかりしていたか、反省をこめて記します。

金曜の朝、洗面台の前に立つと、なんだか脱力感があった。その日は二つの病院と美容院へ行く日。しゃがんで化粧をしながら思った。

「ゆうべ寝不足だったものね」

体のあちこちが重だるくてよく眠れなかった。そのときすでに風邪を引いていたのかもしれないが、ベッドの中での私の解釈は、

「筋トレをよく頑張ったものね」

加圧トレーニングに励んだのだ。

夜中いったん起き出して湿布薬を貼り、再びベッドにもぐり込んだが、肘や肩が突っ張るように痛く、気持ちも悪い。

「このパジャマ、きゅうくつなのでは」

「静電気がすごすぎるのでは」

何度も着替え、切れ切れに寝た。

病院は定期的に通っている漢方クリニック。待合室でもいつにない倦怠感におそわれる。

翌日までこう疲れが残るほど運動してはだめね。

そのときもまだ「筋トレのしすぎ」と思い込み、診察室では医師を目の前にしながら症状を訴えなかったのだから、ほんと、おばか。

二つ目の病院も、定期的に通っている婦人科。

午後の受付まで一時間ほどあく。そのときも、あの寝苦しさでは、パジャマをなんとかしなければと、セール中の肌着店をうろつき、体力をよけいに消耗していたのだから、おばかにもほどがある。

婦人科は処方箋をもらうだけなので、残る用事は、それを持って薬局へ行くのと美容院での白髪染めだ。どちらも後日ですむことなのに、先延ばしするとおっくうになる。まとめてしてしまうほうが結局はラクと判断。

夕方、家に着くと、すすぎのお湯が、いつになく冷たく感じられた。

筋肉痛、関節痛がひどくなっている。鎮痛剤を飲み、とりあえずベッドへ。

筋トレのしすぎにしては、いくらなんでもとさすがに思い、熱を計って目を疑った。三八度三分？　私の平熱は三六度六分だ。鎮痛剤は解熱剤を兼ねているのに、この値？

食事もとらず、ベッドの中でもうろうとして過ごす。喉の渇きをおぼえ、台所からペットボトルの水を持ってきて、かたわらのテーブルに置きたく思うが、実行に移す力がない。

湯たんぽを電子レンジで温め、背中の寒さをなんとかしたいが、やはり動けず。

「うちの父はこれら全部を、家族にしてもらえるのね……」

引き比べて、ひとり身の自分の行く末を憂う。

しかし少なくとも今度の風邪については同情の余地はない。

なんと言っても初期の対応がまずすぎました。異変に気づくチャンスはいくらでもありながら、寝不足のせい、筋トレのせい、パジャマのせいと、誤った解釈で事態を悪化させることばかりしていた。

「体の声を聞く」なんて、言うは易く行うは難し。

自分の体と何十年も付き合ってきたというのに、何という未熟さ。

日曜の夕方までまる二日間寝込み、当然筋肉は落ち、加圧の頑張りも無に帰してしまったのでした。

・体の違和感を過小評価しない。
・初期対応がだいじ。あれこれ考えずいち早く休む。

ジムの中のレッスンに初参加

ジムはときどき行くけれど、する運動はいつも同じだった。クロスマシンという機械に乗って、両手でバーを押しながらペダルを踏んでひたすら歩きます。

まだ一〇分？　まだ二〇分しか経《た》ってない？

時計を見ながら忍の一字。途中でやめて機械を降りたい衝動と闘い続ける。「楽しい」という要素はないが、レッスンよりずっと気楽。思い立ったときに行き、機械が空いていればすぐはじめられる。スタジオレッスンは、レッスンのある時間に合わせないといけないし、混むものは早めに行き整理券をもらうなど、何かと面倒そう。

なので、もっぱら機械で、ひとりストイックに運動していた。

　ある日突然、空き時間ができたのです。

ジムでたまには泳ごうか。プールが使える時間かどうか、レッスン表をジムのホームページから開き、スタジオレッスンにふと目が留まる。

ちょうどこの後、整理券の要らないレッスンがある。内容はよくわからないけれど、初心者向けの印付き。急いで行って滑り込んだ。

インストラクターがいくつかの動きを説明する。基本はそれの組み合わせらしく、エアロビクスの簡単なものと思えばいいようだ。音楽がかかる。

おっ、これはマシントレーニングにはない現象。曲につられて、身の内から浮き立つような感覚。

まずはふつうに立ち、片足を前へ後ろへ。後ろへ引くとき、同じ側の腕を前へ伸ばす。それに上体を倒す動きも付けていく。しだいに大きくテンポよく。

　給水タイムを挟んでさあ再開。

勘の悪い私は、動きが切り替わるたびにつっかえ遅れる。前の人をまねて、どうにか揃ってきたところで次の動きへ。その繰り返し。

私の世界は前の人の背中と、鳴り響く音楽だけになっていった。インストラクターの合図で、動きが深呼吸に変わる。

えっ、もう四五分!?

その間、時計を一度も見なかった。「お疲れ様」の声と拍手で終了。

自分しだいでいつでも降りられる機械は、その衝動に抗して「やる気」を維持するのがけっこうたいへんだ。

レッスンだと、音楽にのせられ、前の人の動きについていくうち、「やる気」を保つ努力なしで、自然と完遂できてしまう。これが皆でいっしょに行う効果なのだろう。

終わった後もマシンだと、「とりあえずノルマは達成したか」くらいの気分で、黙って立ち去るだけだけど、レッスンの後はもっと陽性の充実感といおうか。

この感じ、クセになりそう。時間さえ合えば、また出たい。

それにしても常連さんのパワーには驚きます。周囲の会話では、私より年上そうな人でも、今日は何と何に出たとか、この後も出ると言っている。一日に二レッスン、三レッスンとこなしているとは！

私はもうお風呂に入って休むことしか考えられないというのに。慣れればできるようになるのだろうか。

・ひとりの運動のよさは、自分しだいということ。
・皆でするよさは、つられてできるということ。

夏の外出の必須アイテム

夏も盛り。長時間外出するときは、ペットボトルをバッグに入れる。あらかじめ凍らせておいたのを冷凍庫から出して。自分でブレンドした特製の水です。

「これが脱水症状？」というものを、昨年の夏経験した。ジムで張りきって運動し、汗をたくさん流した後、お風呂で頭を洗いはじめたあたりのことだ。

運動後しばらく経つのに脈拍がやたらに速い。そしてとてつもなくだるい。タイルの床にそのまま寝そべってしまいたいほど。

体を立てていると、ぐらぐらと目が回るよう。

裸で倒れるわけにはいかない。

その一念で踏ん張って泡だけすすぐと、髪を乾かすのもそこそこにして、這《は》うように帰宅した。

後で調べると脱水症状そのものだ。

まさか！　周囲が水だらけのところでそうなるとは。

知れば知るほどぞっとした。まず加齢そのものが、脱水症状のリスクを高める。体内の水分そのものが若い頃より少なくなっているからだという。

ジムで体脂肪計にのるたび、私は筋肉量が標準より少なめ、体脂肪率もふつうの下限値かやや少なめ。

「筋肉も脂肪も少なめなら、ふつうの人より私の体の多くは水でできているわけね」

そう考えていたが、甘かった。

また年をとると、渇きを感じにくくもなるそうだ。確かにそれまでの私には、ペットボトルを持ち歩く習慣はなかった。

「砂漠を歩くわけではないのだし、飲みたくなったら、自販機もコンビニもすぐある」

と考えていたが、それも甘かった。

ジムの館内放送で
「水分は一〇分から一五分に一回、喉の渇きを感じる前にとりましょう」

としきりに呼びかけている理由が、はじめてわかった。

さらなる落とし穴も。

脱水症状のとき水だけをがぶ飲みすると、体内で一定の濃度に保たれていないといけない電解質が薄まって、ますます危険だとのこと。そのためにスポーツドリンクがあったのだ。

でも甘みが私には好みでなく、そこで特製ドリンクを作ることにした。

特製といってもお手軽だ。岩塩と酢各少々を水に加えて混ぜただけ。塩分と、疲労回復効果のあるクエン酸とを、手っ取り早くとれるし、岩塩だとミネラルも含まれている。凍らせるのは、暑さでぬるま湯状態になると味がいまひとつなのと、溶けた分だけ少しずつとるようにして、がぶ飲みを防ぐためだ。

液体は凍らせるとなんとなく重く感じる。ボトルの外側には水滴がつき、バッグの中が濡れるので、ビニール袋にくるんでから入れ、拭くための小さなタオルもハンカチの他に持っていく。

他にもバッグの中には、冷房の効いたところで羽織るカーディガン、車内が寒そうなときは、首に巻いたり膝に掛けたりするスカーフ類、それに日傘と、夏はことに荷物が多くなる。

そのうえ、生きていくのに必要な水分と栄養素とを補給するドリンクを入れたボトルまで。

紫外線対策も適当で、温度とか電解質の濃度とかの調節にはまったく無頓着でいた頃の身軽さが、信じがたい。

そして日傘をさし、大きなバッグを肩に掛ける。

それが50代の私の夏のスタイルです。

・熱中症、自分だけはならないと思ってませんか？
・冷房対策もしっかり忘れずに。

高齢者だけではない、寝ている間の熱中症

熱中症で死亡する人の約八割が高齢者だと言います。

ニュースでよく聞くのは、就寝中にというケース。朝、家族が覗《のぞ》いてみると、布団の上で亡くなっていた。部屋にエアコンはあったが、つけていなかったという。

「つけていれば無事だったかもしれないのに……痛ましいことでした」

眉をしかめてから、はっとする。この状況、私の寝ているときと同じだ。寝室にエアコンはあるが寝る前に切る。つけたままだと風邪を引きそうで。防犯上、窓は閉めている。前は、寝苦しさで二時間おきに目がさめ、そのつど数分エアコンをかけては切るの繰り返しだった。

扇風機を使いはじめてから、トイレ以外に起きることはなくなり、
「暑くても風があれば、結構眠れるじゃない」
と思っていた。

でも、眠れればいいってものではないのかも。

さきのようなケースが報じられるたび、不思議だった。

「死ぬほどの蒸し暑さなら、そうなる前にエアコンをつけずにいられなくなりそうなものだが」

けれども、寝苦しささすら感じにくくなるのが、年をとるということかもしれない。だから知らないうちに命を落としてしまうのかも。

私の寝室は朝、温度計を見るとたいてい三〇度。これってすでに危険域？

リビングのエアコンを二九度でかけ、リビングと寝室の扉を開けてみることにした。間には五メートルほどの廊下があり、かなりの間接冷房だ。

それでもひと晩寝たら、喉《のど》がかれ、風邪のような症状になっていた。エアコンの二九度って、自然の二九度とどうしてこう違うのか。

この時期の健康管理は、ほんと難しい。風邪を引く覚悟をするか、熱中症のリスクをとるか。究極の選択しかないのだろうか。

看護の知識のある人に尋ねたら、

「エアコンをかけないで寝て、起きたとき、皮膚が乾燥していませんか。手の甲を指でつまんですぐ戻らないくらいに。あるいは口の中がネバネバしませんか。そうでなければ、まあ、だいじょうぶ」

油断は禁物だが、ひとつの指標にしています。

・「眠れるからだいじょうぶ」ではない。
・起きたとき、口の中がねばついていたら要注意。

夜中にトイレに起きる

蒸し暑い時期は、寝るときの環境にかなり注意している。

昨シーズンは「今思うとあれは熱中症のなりかけだったのかも」という不調を経験した。朝起きたらとてつもなく気持ちが悪く、めまいまでして……。

その話を同世代の女性にしたところ、

「熱中症って昼間、外で運動してなるものじゃないの？　部活の生徒が突然とか、ニュースでよく言っているじゃない」

ち、ち、違う。人差し指を立てて振る。それは危険な認識違いです。

先日も新聞に載っていた。昨シーズン都内で熱中症により死亡した例の九割が屋内、三割が夜だったという。温暖化が進んでいるとは前々から言われていたけれど、まさか寝るのが命がけになろうとは！

先程も書いたが、高齢者は暑さを感じにくいため、気づかぬうち熱中症が進んでしまうケースが多いと聞く。寝るときの環境調整には、ますます真剣にならざるを得ない。

扇風機は必需品。今シーズンはエアコンを使う前から回すようにしている。風が直接当たると、それはそれで体によくなさそうなので、寝室の外から風を循環させる。寝室の外は中廊下。寝室のドアを開け放ち、廊下に出たすぐのところに置いておく。

暑さが厳しくなってからは、エアコンを併用する。以前は二九度に設定したが、今はリビングのエアコンを二八度に。そのうえで、扇風機で風を送り、間接冷房している。

この方式のおかげか、今のところ不調なしにすんでいるが、こわいのは夜中にトイレに起きるとき。シーズン早々は扇風機を何度も蹴《け》とばした。半分眠ったままなので、つい習慣的なルートで歩いてしまう。

さすがに扇風機本体は、寝ぼけながらもよけるようになったが、コードはいまだにひっかかりそうでこわい。

洗面所のコンセントにさし、廊下を這《は》わせてあるのだが、暗がりに黒いコードは見えにくく、足をひっかけてしまいそう。

「歩くところにモノを置いてはだめね」

100歳過ぎまでひとり暮らしをしていた吉沢久子先生はそうおっしゃっていた。自分では「気をつけなきゃ」とわかっているつもりでも、夜中に危うくつまずきそうになったと。

熱中症防止に扇風機は欠かせない。でも転倒防止にはないほうがいい。

自宅の安全を確保するのも、なかなかにたいへんなのです。

- ・東京の熱中症による死亡は九割が屋内です。
- ・寝るときはエアコンと扇風機のセットで間接冷房に。

第 5 章

これからの楽しみ、自分への期待

心の持ち方、今、これから

老いに向けての心の持ちようは、少しずつ書いてきた。エイジングにともなう小さな変化に出合ったときの、そのことの受け止め方として。

いちばんの大きな変化は、人生の残り時間のほうが短くなることだ。私はそれを50代に入ってはっきりと意識した。

40代のうちはそうでもなかった。

「平均寿命までめいっぱい生きれば86歳。すると今は折り返し地点をちょっと過ぎたくらいだわ。物心つくまでは、あんまり〝私〟として生きていなかったから、そのぶんの数年を差し引いたら、ちょうど半分くらいかしら」

これまでと同じくらいの時間が自分にはあると、かなり無理やりだが考えていた。

50代になるともう、そのごまかしが利かなくなりました。

「成人してからが、ほんとの自分の人生だとしたら、それから今までが三〇ン年。これから86までを計算すれば、まだ同じくらいあるじゃないの」

と言い張るのは強引すぎる。

半分はとうに過ぎたことを認めなければ……。

夜中ぽっかり目がさめたときなど、そのことを考え、妙にどきどきし、

「この動悸、もしかして更年期障害?」

と思うのだった。


20代の頃、中高年の人に年を聞かれて答えるたび、

「いいわねー、若くて」

「羨ましい」

と言われることに面食らい、少々腹立たしかった。

「若いだけでなぜに、いいいんだ?」

若いなりに悩みや苦労はあるんだ、みたいな反発があった。

でも今は当の私が、同じことを20代の人に言ってしまいそうです。お肌がどうとかスタイルがどうとかそんなこと以前に、「まだまだ時間がいっぱいある」、そのことだけで無条件に羨ましい。

この世にこれまでいた時間より、これからいる時間のほうが少ない。シビアな話だが、このさびしさや焦燥感が、老いに向けてのいちばん本質的な心の課題だと思う。

60代、70代と進むにつれ、残り時間は確実に減っていく。より大きくなるだろうさびしさや焦燥感を克服するすべを、私は持てるだろうか。

が、自分より年上の人たちの話を注意深く聞いているうちに、そういうものでもなさそうに思えてきた。

70代のある男性は、だんだんに死がこわくなくなったと言っていた。かつては考えるのも嫌で、遠ざけておきたい気持ち一辺倒だったが、それはそれで安らぎのひとつのかたちとして、親近感や慕わしさのようなものまで持つようになったと。

60代に入ったある女性は、残り時間というより「生まれ直し」ととらえていた。

「還暦って、干支《えと》がひと回りして生まれた年に還《かえ》るのよ。すごく新鮮」

と、これまでしたことのなかった書道と水中ダンスに通いはじめている。

どうも、年をとればとるほど、さびしさや焦燥感が増していくわけではないらしい。

むしろ折り返し地点を過ぎたばかりの50代に特徴的なものなのでは。

振り返れば、30歳を迎える頃は、

「このままずっとひとりだったらどうしよう」

とこわかった。それが実際にずっとひとりできた今は、どこ吹く風だ。

その年代、その年代ならではの不安がある。

昔はなかった不安を今感じているとしても、年をとればとるほど乗り越えがたくなるのではと考えなくていい。

時が解決してくれる。
そう信じるのを、これからの心の持ち方の基本にしよう。

・不安はつのる一方ではない。
・年上の人たちの話を注意して聞くとわかることがある。

何か人の役に立てることはないか

「人の役に立ちたいって思いが、前よりも強くなってきた」

同世代の女性が言いました。

その思いにはもどかしさや、あきらめのようなものも伴っている。消防士さんとかお医者さんとか助産師さんのように、直接に人を救える職業についているわけでなし、老人ホームや仮設住宅のようなところを訪問し、楽しんでもらえるような趣味を持っているでもなし。

年をとるにつれ、いろんなことを経てきたからこそ、ますます強まる思いだろう。育児、介護、病気、事故、災害。

私も自分が病気をしたときは、お医者さんってすごいと思ったし、今は父のところへ訪問看護に来る人に、ほんとうに頭が下がる。排泄ケアや清拭《せいしき》なども嫌な顔ひとつせずにしてくれて、家族がするよりずっと上手。

本人も安心で快適らしく、この頃はめったに言葉を発しない父だが、あるとき突然、

「この人、大好き」

と訪問看護師さんに言い、家じゅう笑いに包まれた。

すごいと思うと同時に、自分が一から勉強し、そうした技能を身につけるには遅すぎるとも知っている。

ちなみに私が父の家に行くのは週末。それ以外は兄か姉、または姉の子どもたちが介護を担っている。

この前はある役職に伴う業務で、土日に出張しなければならなくなり、姉に続けて来てもらった。

行った先での私は、訪問団体のひとりとして、その場にいることがつとめ。何かを言ったり、したりすることはない。時間がとても長く感じられる。同じ役職で、出張に参加していない人もいた。

自分のいるべきところは、ここではなかった。

他にすべきことがある。断るのが許されるなら、家で介護をするんだったのに。

後悔にさいなまれ、日曜の夜、東京に帰ると一も二もなく父の家へ行く。来ない予定の私が現われ、姉は不思議そうだった。

ふだん姉に仕事の話はしないが、愚痴めいたものをついもらす。出張先で私はいるだけで、何をするわけでもなかった、引き受けるべきではなかったと。

姉は言った。

「でも、いるだけのことを求められるって、すごいと思うよ」

優しい人だと思った。姉は私の仕事の中身を知らない。でも励まそうとしている気持ちが伝わってくる。

しかも私の仕事のため自分の休みがなくなってしまった恨みは、全然抱いていないのだ。

姉のこうした心根に支えられ、父の日常も私の日常も成り立っている。
特別の資格や技能や芸を持っていることだけが人の役に立つのではないと、
教えられた夜でした。

- 「人の役に立てる」ことを広くとらえよう。
- 優しい心根が何よりも人を支える。

持たない暮らしは理想でも

「持たない暮らし」といったテーマの特集記事は、興味があってよく見ます。ある記事はそうした暮らしを実践している室内写真を載せていた。

全体に抽象画のよう。白い壁の前にテーブルと椅子がひとつ。モノが出ていないので、壁や家具の直線が目立つ。

食器戸棚の引き出しのひとつを開け、上から撮った写真は一瞬、額縁に入った絵かと思ってしまった。

まっ白な四角の中に縦に置いたスプーンが三本、等間隔で並べてある。その引き出しの中はそれだけ。

「余計なものを削《そ》ぎ落としていったら、これしか残らなかったから」という本人のコメントが載っていた。

かっこいい！　と、同時に思う。

「これって、丈夫な人でないとできないわ」

確かに私もよく使うスプーンに絞ったら、三本くらいになるかもしれない。

が、「予備」というものが必要だ。

使ったらただちに洗う原則を絶対に守れるなら、三本で十分だろう。

が、なんとなくくたびれていたり、すぐには台所に立つ気が起きなかったりで、後でまとめて洗おうとシンクに放置するうちに、三本なんてあっという間に使ってしまう。

ストックというものを置かない暮らしをしている人の記事にも、同様のことを感じた。

30代女性であるその人は、ティッシュペーパーにしても家にあるのは今使っているひと箱だけ。切れそうになったら、買いに行く。

まとめ買いでないと割高ではとの取材者の問いに、

「何よりも高いのは家賃ですから。ストックを置く分の家賃を思えば、そのつど買ったほうが安い」

と答えていた。徒歩五分のところにコンビニがあり、コンビニをわが家のストックルームと考えればいいと。

理屈としてはよーくわかる。

が、その五分のところへ行けないときもあるのが現実だ。

風邪で節々が痛だるいとか、熱でふらふらするだとか。そしてそういう風邪のときこそ、ティッシュペーパーひと箱が信じがたいほど早く空になってしまうものなのだ。

体力や健康状態がいまひとつでも、根性で五分歩き通してしまえるのが若さかも。そうでない場合、やっぱり予備はほしいもの。

私はこの先、年をとっても、かつての私の母のようにモノをためておく人にはならないだろう。モノのない時代に育ち、モノのない苦労が身にしみている母は、紙袋の一枚までとっておいたが、私はそのへんは割り切り捨てている。

持たない暮らしを理想としつつ、最小限プラス・アルファの「アルファ」の見極めが、今後の課題となりそうです。

- 持たない暮らしは、体の丈夫な人が前提。
- 最小限「プラス・アルファ」の見極めがだいじ。

親の介護が終わったあとで

人にまったく言わなかったので書く機会を逸していたが、この春に父を送りました。

母はとうに故人となっているので、これで私の親の介護は終了したことになる。

振り返ればいつも「後追い」だった。

親には申し訳ない言い方だが、30代そこそこから、いつか来る介護は私の心に重くのしかかっていた。介護の話を耳にしては、わが家の場合どうなるだろう、どうしようと考えて思い悩んだ。

姉は小さい子がいるから、ひとり暮らしの私が介護すべき。親と同居することになるんだろうか。

仕事はどうする？　働く時間がとれないと、収入は即、途絶える。

公的施設に申し込んでも、会社勤めでない私は在宅介護が可能だろうと言われてしまうのか。

民間の施設は、資金力のないわが家ではとてもとても……。

具体的に考えて、例えば下《しも》の世話ひとつとっても、介護者は体位交換にかかる負担で腰を痛めてしまうと聞く。ただでさえ腰痛持ちの自分にできるのか？

「できない」と頭を抱えるのが常。

できる、できないにかかわらず、現実は待ったなしである。

母が心筋梗塞で入院したときは「いよいよだ！」と身構えた。退院したその日から介護がはじまることになろう。そのための準備をすべく、介護用品店へ駆け込み、商品カタログをもらってきた。

取り寄せを頼んでいる間に、入院先で母は亡くなり、準備は無駄というか、取り越し苦労となったのだった。

介護では、想定と違うことが違うスピードで起こるもの。

父の場合もそうだった。

介護が必要になった頃は、姉はとうに子育てを終え、成人した子たちがむしろ介護の戦力になってくれた。新たな事態が発生するたび、ケアマネージャーさんに相談しながら、なんとか在宅で続けてきた。

最後のひと月だけ入院したが、そのときだって退院したら市の施設に移れるよう、申請書を取り寄せたり、介護認定をとり直したりの準備をしていたのだ。

ことほどさように、現実が常に先に進行し、ただただついていくだけ。

介護は、備えておくべきものとのイメージがある。

が、どのタイミングで何が必要になるか予想できない。走りながら対応策を探すしかないのだ。

ひとことで言うなら「前もって考えても仕方ない」。

いつか来る親の介護が気になる人の心を軽くするものかどうかはわからないけれど、二人の親を送ってみての正直な感想です。

- いつどうなるかは想定できない。
- そのつど対処。前もって考えても仕方ないと割り切る。

老いの不安が大きくなったなら

いろいろ言っても、年をとるのは楽しみよりも不安のほうが大きい。そんな自分に〝カツ〟を入れられる出来事がありました。

健康管理のため四週間にいっぺん通っている漢方クリニックがある。そこから携帯に電話があった。

血液検査の結果が思わしくなかったので、いつものように間をあけず、なるべく早く来るようにと。

この前の脈診で、何か変だと先生が感じ、念のため血液検査もした。漢方薬を出しているが、医師のいるクリニックだから、脈診だけでなく血液検査もできるのだ。その結果が出て、とり急ぎ知らせてきたのである。

その日は仕事があったので、後日行くと答えて切ったものの、その電話は意外な重さで胸にこたえた。

朝九時にわざわざかけてくるなんて、事態はよほど深刻なのでは。血液検査の項目からすると、かなり難しい病気である。

40代で病気をし、ようやく健康を取り戻し、親を送るという任も果たして、さあ、将来に向けて人生を歩みはじめましょうというところで、いきなり行き止まりになってしまうのか……。

精密検査の結果は異常なし。

大きな病院に行って調べたが何もなく、今はもとの漢方クリニックに週三回通っている。そこに至るまでの一ヶ月が結構きつかった。

精密検査もいろいろあって、それぞれに予約まで待つ。病気の疑いをひとつずつつぶしながら、

「世の中には治らない病気と共存している人がいっぱいいるのに、疑いくらいでこんなにおたおたするなんて、私ってほんと、打たれ弱いな」

と思っていた。

そんな中、気分転換になったのが、つまらないようだがフィギュアスケートなのである。

フィギュアを観戦するのは割と好きだと、これまでも書いた。病気の疑いにめげて、感じやすくなっているとき、殺人などのニュースはヘビーすぎて、フィギュアはちょうどよかった。

選手たちの若さと健やかさを、ふだんよりいっそう手の届かないものに感じながら、そのうちふと思ったのだ。

「この人たち、どんな中年になるんだろう」

子鹿のような肢体で力いっぱい競技している美少年美少女も、やがて現役生活を終え、解説者や指導者として再びテレビに映るだろう。そのとき、どんなオジサン、オバサンになっているのか。

太っていてもいい、大写しに十分耐えていた肌が衰え、たるんでいてもいい。衣装を脱いだら意外と残念なファッションセンスな人だったとしてもいい。ふつうにオジサン、オバサンになっているのを見届けよう。

「まだまだへたっていられない！」

40代早々で病気をしたとき、老後はいったん遠のいた。

老後なんてあるだけでめっけものだと思った。

それがいつの間にか老後といえば、不安が先立つようになっていた。

今回の騒動は、老後のあることの幸運を私に思い起こさせてくれた。

これからも不安が楽しみを上回りそうになったときは、初心に返る……ではないけれど、この気持ちに戻ろう。

同時に「これだけは見届けないと」みたいな、長生きする動機をみつけよう。

人から見ればくだらない、自分でも言うのをはばかられるようなことでいい。ペットのカメを遺していけないとか、そんなことでいいから。何であれ、動機は多いほどいい。

騒動で学んだ、年をとることに向けての教訓です。

・老後が「ある」ということの幸運を思い出す。
・くだらないことでも長生きの動機にできる。

圧巻！　高齢者パワー

軽井沢へお祝い事の会に行きました。

とある俳句会の三五周年記念。五〇〇人以上が集まる大パーティーだ。そこで私は高齢者パワーを目《ま》の当たりにした。

俳句と私のかかわりから書きはじめると長くなるので、別の機会にするとして、パーティーの熱気を伝えるには、会のしくみを説明しないと。

会員は俳句を趣味とする人たち。会員になると、会の発行する月刊誌に自分の句を投稿したり、会の中心である俳句作家の先生の指導を受けたりすることができる。

大きな会で全国に支部がある。別の俳句会の先生がたもお祝いにかけつけるので、多数の人が臨席するパーティーになる。会員ではない私も、仕事上のつながりで参列。

来賓には、なんと90歳の男性もいた。奈良からひとりでいらしたとのこと。長旅に耐えられる体力もさることながら、段取り力とでもいうべきものに驚嘆する。

奈良から軽井沢なんて乗り換えが複雑そう。それを全部頭に入れ、何時の飛行機に乗るためには何時には空港に着いて……と逆算し、間違いなく行動に移せるなんて。

すごい！

二次会では各支部による余興が披露された。とある支部は、仮装してのリンボーダンス。音楽に合わせて踊りながら、上体を反らせてバーをくぐる競技だ。

年齢別対抗で、50代、60代、70代、80代。ステージに並んだ顔を見比べると、50代はフェイスラインが少々たるんでいても肌はつるつる、表情もなんだか幼い。

「50代なんて、まだまだ若僧」と感じてしまった。

三次会になだれ込み、そこでもパワーは衰えず、日付の変わる時間近くなってもまだ、各テーブルで皆さん喋《しゃべ》る喋る。

会の中心の男性の先生も、朝から記念行事の連続、二次会では自らも歌舞伎の役柄に扮したり落語を演じたりと休みなしの大活躍。

年齢上の区分でいえば、まぎれもない後期高齢者なのに、このエネルギー、どこからわいてくる？

三次会で私と同じテーブルにいらした、もうすぐ80歳の女性の先生は、少々酔った口調で語っていた。昔は女性が外でお酒を飲むなんて考えられず、私もずっと控えてきた。それが60歳になったらふっきれた。

「いくつに戻りたいかって聞かれたら、迷わず60！」

そして、

「20代とか30代なんてしんどくて、もう、もうたくさん！　60歳からがいちばんいい」

年齢に対する意識が変わった軽井沢の夜でした。

・元気な年長者と交流すると年齢への意識が変わる。
・80代女性の名言。「若いのはしんどい。60歳からが一番いい！」。

俳句に探る元気のもと

俳句会の三五周年パーティーで高齢者パワーに圧倒されたと書きました。なんでそんなに元気なのか？

秘密を探るにあたり、俳句と私のかかわりを書くと。

作りはじめたのは五年ほど前。世界でいちばん短い詩形というし、どんなものだろうと興味をもった。最初のうちは入門書を読み読みひとりで作り、たま〜にテレビの俳句番組に投稿していたが、佳作にもならないので音沙汰なし。

地面に穴を掘って叫んでいるように無反応で、その頃は特にわくわくすることでもなかったのだ。

知人の紹介で、句会に参加してから一変する。

句会は決められた数の句を出す。無記名なので誰の句かはわからない。それを皆で手分けして清書し、回す。字によっても誰のかわからなくするためだ。

作者を知らないまま、自分がいいと思った句を決められた数だけ選んで各自が発表。選んだ人の数が、句の点数になる。

点を得た句は、どこがいいかを評される。

「まぐれで点が入ることあるじゃない。点が入ればほめられるじゃない。家ではほめられることなんて絶対ないから、気分いい」

参加者のひとりの女性が言っていた。まさしくそう。

ふつうのお稽古事だと上手下手がどうしてもあるし、長く続けている人とそうでない人との差は歴然だけれど、俳句は毎回毎回「やってみないとわからない」。文芸でありながらゲーム性もあるのだ。

しかも無記名だから「世話になっているあの人の句だから、選ばないと」というようなプレッシャーからは自由。人間関係の解放区！

吟行《ぎんこう》句会はますますスリルが増す。

名所などを歩いて作って句会をするのだが、歩くだけでも体にいいし、好奇心をもってものを見るから、たぶん脳も活性化される。

訪ねるのは古池やお寺みたいな、わびさび系に限らない。

流行《はや》りのスポット東京駅やキャンパスなどで、今を呼吸し、ついでに若いエネルギーも呼吸。句会の場所はカラオケルームだったり、キャンパスの学食だったりする。

天候、どんな題材と出合うかなど、出たとこ勝負。予測がつかない。

「花曇り」なんて季語を心のうちに用意していっても、雲ひとつない青空だったり、花が散った後だったりする。

思いどおりに事が運ばなくても計画にしがみつかず、臨機応変に修正ないし頭を切り換える柔軟性も鍛えられそう。

ふつうならテンションが下がりそうな雨でも、ウォーキングシューズに傘をさし、嬉々として集合場所に来る面々を見ると、「元気のもとはこれか！」と思う。

ちなみにこの年、俳句の大きな賞をとった人は、99歳の女性でした。

- **句会の人間関係はストレスフリー。**
- **題材を探して好奇心が活発になる。**

一生できる趣味を持つ

先日また俳句関係のパーティーに出た。俳句の会の設立何十周年を祝うものので、おおぜいの会員がホテルに集まる。

はじまる前や休憩時間のトイレは賑《にぎ》やか。会員どうし交わす会話が聞こえています。

「あらー、お久しぶり！」

「お元気そうじゃない」

笑顔で抱き合う二人。70代後半か80代とおぼしきご婦人だ。

「そうでもないの。あちこち弱ってお医者さんのお世話にばっかりなっていて。でも俳句だけは続けようと思って、今日は頑張って出てきたの」

「私もよ。これだけはね」

「だけは」のところに力をこめて言っている。

そうなのか、とうなずく私。

俳句って年とってもずっと続けられる趣味なんだ。

別の会話も耳に入る。

「はじめて一〇年になるのに、年とるだけで全然上手くならなくて」

「そんな。お若くていらっしゃるわよ」

「私もう86になったのよ」

思わず引き算してしまった。

86マイナス10ということは、はじめたとき76歳!?

その年で新しいことに挑戦しようというのがすごいし、それが可能な俳句もすごい。いくつからでもはじめられる趣味なんだ。

知人の女性は会社員時代から俳句をたしなんでいたが、定年後は吟行句会に飛び回っている。句会は人と集まって締切までに句を出し、参加者どうし選び合うものだが、吟行はそれにお出かけの要素が加わる。皆でどこかを歩いて、そこにあるものを題材に句を作る。

知人の場合、勤めていた間はがまんしていたところへ、ここぞとばかりに行っている。奈良のお水取り、吉野の桜、京都の祇園祭……主要な年中行事はほぼ制覇《せいは》しているのではと思われるほど。

眉間のしわが完全にとれ、会うたびに肌の色つやもよくなり、確実に若返っている。

定年するといっきに老け込む人も多いのに、その人は逆。

脳の刺激には人と会って話すのがいちばんと、先日どこかで読んだ記事に書いてあった。

「わー、どうしよう！」とびっくりすると脳の血流量が増え、認知機能向上にもつながる可能性があるのだと。

俳句はその両方を兼ね備える。句会では句を出すにも選ぶにも制限時間があるから、まさしく「わー、どうしよう！」と焦《あせ》るし。その上吟行をすれば、足腰が鍛えられそう。

俳句以外にも似たようなものはあるだろう。私はたまたま出合った俳句を、一生の趣味として手放さずにいくつもりです。

・「わー、どうしよう！」の刺激が脳にいい。
・年齢に左右されず、「これだけは続けたい」何かを持とう。

はじめてのファン心理

ダウンコートを、保管付きのクリーニングに夏も近くなって出した。他の服といっしょに一箱いくらで秋まで預かってくれるもの。途中で一着だけ返してもらうことはできない。

こうまで遅くなったのは、フィギュアスケートとの関係だ。前の冬、私はフィギュアスケートにはまったのです。

きっかけは羽生結弦《はにゅうゆづる》選手の躍進だ。ショートプログラムで世界歴代最高得点を更新したとデータ放送のニュースで読んで、どの人だったかと過去の動画を調べれば「あ、この人か」。

その前のシーズン、17歳で初出場した世界選手権で途中転倒しながらもメダル獲得。劇的な試合展開だったので繰り返し再生し、何分何秒で転倒するかも覚えてしまった。

以来、テレビで試合を放映していれば見る。

日本のフィギュアスケーター全員を平等に応援しているつもりだったが、やはり羽生選手に肩入れしていたらしい。仕事先で彼の話が出たとき「あの人まだ17歳でしょ」と言う人に「おととい18歳になりました」と答えていた。誕生日まで知っているとは、詳しすぎる？

シーズンが終わると放映はなくなるので、ネットでさらに遡《さかのぼ》って試合動画を探す。これってファンのとる行動？　ジャニーズにも韓流にもハマらずにきた私は、ファン心理にうとかったが、もしかしてこれがそれなのか！

やがて夏の間、試合はなくてもアイスショーというものがあると知る。

氷が溶けないくらいだから、会場は寒いだろう。行くなら完全に冬装備、ポケットカイロ、膝掛け必須という。ダウンコートも当然要る。

しかしこの年で冷蔵庫なみの寒さの中、水分を控え、トイレもがまんして見るのに耐えられるか。

アイスショーの動画を探すと、観客が最前列へと押し寄せていてコンサート会場さながらの様子に圧倒された。ファンではあっても、プレゼントを渡したいとか写真を撮りたいとかの願望は、私にはない。アイスショーは私には無理そう。

テレビとかネットを通してのファン活動が自分向き。

そう思い、ようやくクリーニングに出したのでした。

- はじめてわいた心理を受け入れる。
- ハマってもいい。自分に合った行動で楽しもう。

ムーミンとかスヌーピーとか

ムーミンの作者の生誕一〇〇年だそうで、私の通る駅ビルや商店街でもあちこちの店にムーミングッズが置いてある。

足を止めるとうっかり買ってしまいそうで、歩きながら警戒している。

そこへ姉の携帯からメールが来た。

「××駅の構内にムーミンの店が出てる。たぶん期間限定で。何日までかわからないから、ほしいものがあったら買っておくよ。スヌ君もある」

最後の一文にのけぞった。

ヤラレター。私の秘めたる少女趣味のど真ん中を射《い》ぬかれた。

何を隠そう、スヌ君とは私がかつて自分のぬいぐるみにつけていた呼び名なのです。

よそでは口が裂けても言わないが、子どもの頃の私はぬいぐるみを溺愛していた。一代目がムーミンだ。水色のタオル地でできたもの。スヌーピーのぬいぐるみにも憧れていたが、高くて手が出なかった。一九七〇年頃で三六〇〇円！　輸入品で、当時は一ドルが三六〇円の固定相場制だったからどうしようもない。

固定相場制なんてものが外貨にあったことをリアルタイムで知っているのも、ある年齢以上の人でしょう。

代わりがムーミンのぬいぐるみ。

ムーミンも、本で親しんでいたし、顔の形や体型がスヌーピーと似ていたし。溺愛しすぎて汚れて何度も洗濯し、縫い目がほつれて限界に。

二代目として、ついにスヌーピーを買ってもらう。布団に入れるのはもちろんのこと、外でも自転車のカゴに乗せて駆け回っていた。

背伸びしがちな若者の頃は、そんな話は誰にもせず、自分でもいつしか忘却のかなた。姉のメールは過去から一直線に飛んできた思い出の矢だ。姉は

「スヌ君」と呼んでいた私を知る、今となっては唯一の人である。

ムーミンとかスヌーピーとか、この前銀座のデパートであった「ぐりとぐら」展とか、かわいいものにひかれる理由を得心できた。

単に、目にして気持ちいい、というかわいさではない。

懐かしさ。二度と戻らぬ日々へのいとおしさなのだ。

あの頃住んだ、今はなき家。もう会えない誰かれが生きていた頃。幼いなりに悩みは抱えていただろうけど、多くを背負ってはおらず、何よりも無限大とも思える時間が先々にまだあった頃。

年がいもなくひかれる、のではない。年をとったからこそ、ひかれるのだ。この年だからこそ「かわいい」に、その言葉だけでは言い表わせない滋味を、歳月が与えているのである。

……って、かわいいものをほしくなるのを、自分で正当化していますが。

姉には「見てから買う」と返信。一種類のぬいぐるみしかなかった頃と異なり、今はスヌーピーでもいろいろな商品が作られていそう。思い出の中の

顔と違うと残念なので、ここは慎重に。期間限定のその店を逃しても、また
どこかで会えることを祈って。

- 子どもの頃愛したものと再会するって新鮮な気持ち。
- 今だから素直に思い出せることがある。

モノを減らすだけでは心が潤わない

年末は処分のシーズン。粗大ごみの申し込みはお早めにという案内が、自治体からも来ている。室内を見わたすと、捨てるべきモノは特になさそう。ここ数年、服をはじめとするモノ減らしにつとめた成果が出ている感じ。

「無駄なモノがない部屋なのだなあ」と改めて思い……いや、あった。

本来の機能をまったく果たしていない点で、無駄中の無駄、今年買った最大の場所ふさぎ。タンスが増えてしまったのです。

今の家に住んで一六年間、タンスは置かないできた。引っ越しの際にクローゼットがあるなら不要だと、処分。以後クローゼットに入る衣類しか持たないようつとめてきた。

モノ減らしにとりかかるまでは、クローゼットに詰め込んでいた。取り出しにくく、着ようとするとしわになっている。「タンスがあれば」と何度もぐらつきかけたが、そのたびに意志を強くし首を振る。「収納場所を増やしても、収納問題は解決しない」と考えて、クローゼットに収まる量に限ってきた。

モノ減らしのかいあって、クローゼットにも気持ちにもゆとりができた今年のある日、古道具店の前を通りかかって、私の胸はふい打ちの矢に射ぬかれる。

「かわいい!」

幅一メートルくらいの引き出しタンス。上のほうは小引き出しで、左右にガラスの扉がある。昭和の時代、ガラスの中にフランス人形やリボン細工のプードルなど飾って、少女の部屋にあったような。

ノスタルジーに抗しがたく、買ってしまった。一万三〇〇〇円という、家具にしてはお値打ちの価格も魅力だったと告白しよう。

買ってはきたが、入れるモノはない。タンスの分、部屋は当然狭くなり、アイロンをかけるときなど、正直じゃま。ただでさえ狭い部屋をなんとか広く使おうとするのがふつうなのに、入れるモノのない入れ物を置くなんて、我ながらどうかしている。

ガラスの内側にはフランス人形……は、さすがにないので、花の刺繍の布バッグを飾り、小引き出しには、白鳥やバンビの柄の雑貨など、年がいがなさすぎて出しておくのが恥ずかしい雑貨を並べ、秘密の癒やしスペースとしたが、こういうのに癒やされる自分ってどうよ、とも思います。

片付けが面倒なときは、癒やし雑貨以外のモノも放り込みたくなるけれど、それは厳禁。

「入れるのを許すと、モノは増える」と自分を戒《いまし》める。

しかし、モノを入れてはいけない入れ物って……（さきの疑問の繰り返しです）。

でも、矛盾は矛盾のままにしておこう。

減らすばかりが能ではない。いわゆる「心の潤い」の機能を持つ品として置いておくつもりです。

・何でも減らしていくばかりが能ではない。
・心を潤すモノを置くことを自分に許す。

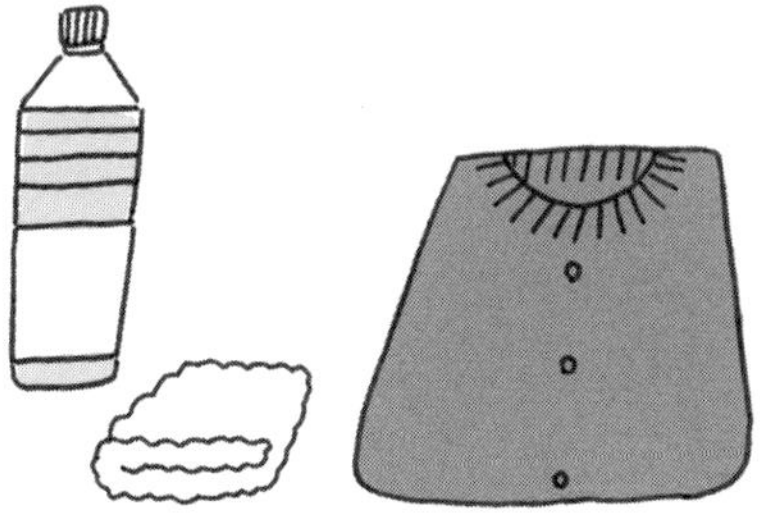

第 6 章

50代、後半に入りました

なくてもあってもつらいエアコン

夏に年々弱くなってきたのは、年のせいか、日本の夏が暑くなってきているせいか。

私は成人してからの東京住まいだが、東京で生まれ育った人も「夏休みの絵日記で気温に三〇度台後半の数字なんて書いたことがなかった気がする」と言います。

この夏は早々に三八度を経験した。

出張先の東北でのこと。町を歩いているだけでとめどなく汗が流れる。通りかかったタクシーに乗り込むと、運転手さんは家でエアコンをつけたことがないと言う。

「窓を開けて網戸にすれば、じゅうぶん風が通るし」

嘘でしょー、と内心叫ぶ。気温がこれより低い東京でも、エアコンはすでにつけている。数年前の夏までは、夜は扇風機のみにして寝ていたが、熱中症になってからはかけることにした。ただしエアコンの風が直に当たるとよくないので、リビングのをつけ、廊下を通って寝室に来るようにする。

タクシーを降り、夕方五時半、ビジネスホテル着。

部屋は窓の正面から陽が射して、蒸し焼き状態になっている。あらかじめ冷やしておいてくれればいいのにと思ったが、部屋のキーを所定の位置に差し込まない限り、電源そのものが入らないのだ。

つけないなんてあり得ないじゃない……運転手さんへの反論を遅まきながら口にし、とるものもとりあえずエアコンをかける。熱中症になりかけなのか頭痛のする私は、カーテンを閉め、ベッドにひっくり返った。

だるさに打ち負かされて眠り、どれくらいしてからか、別の種類の頭痛に目がさめる。

エアコンの風がまともに吹きつけている。ベッドの真上にエアコンが取り付けられており、ベッド一台でほぼいっぱいになるシングルの部屋では、どこにいても直撃を逃れられない。設定は二八度だが、エアコンの風の二八度は天然のそれと、どうしてこう体に受ける感じが違うのか。

七時になっていた。カーテンを開ければ、裏の田んぼや背景の山々は、二時間前と変わって落ち着いた光に包まれている。

運転手さんの言葉を思い出し、半信半疑で窓を開けると、あら、涼しい。人間ではない誰かが、辺り一帯に、巨大なる規模の打ち水をしたかのように、気温があきらかに下がっている。

今夜はエアコンをかけずに寝られそう。それが私の念願なのだ。夏が来るまでは当たり前のことだったが。

期待がふくらんだとき、窓の操作部にある注意書きが目にとまった。

〈夏は虫が入るため、窓を開けないで下さい〉

そうか、ホテルの窓には網戸というものがないのだった！　窓を閉めればやはり蒸してきて、エアコンをつけたり消したり。夜通しその繰り返しで消耗した。

こうなると次の出張が不安です。今回同様ビジネスホテルのシングルを予約してあるが、寝不足になるか風邪を引くか。ベッドが二つあればどちらかがエアコンの直撃を免《まぬが》れるかもと、ツインの部屋に変更する。

軟弱だし贅沢とも思うが、健やかに夏を乗り切ることを第一とせねば。

やがてエアコンをかけずに寝られる日が来たら、心からほっとし、これこそが最高の贅沢と感じることだろう。

- 天然の風にこだわりすぎない。
- 家以外の場所では、エアコンとの位置関係に気を配る。

睡眠環境を整えることの大切さ

夢は睡眠の質に影響する。

夢の中で焦っていたときは、朝起きると何もしないうちからすでに疲れ、変に力が入っていたのか、あちこちが凝っている。

ひと頃しょっちゅう見た夢があります。

試験の日が近いのに何もしておらず、準備するつもりで大急ぎで帰宅すると、どの部屋にも家族の誰かしらがいて、集中できないというパターンだ。

後になってみれば、何を象徴していたかがよくわかる。

試験の日は仕事の期限。当時は親の介護中で、ひとり暮らしの親のもとへ、きょうだいが交代で通っていた。私は原則、週末の当番だが、するとそれ以外の日がすべてに追われ、突発的な事態の連絡も入るので、家のことは常に頭から離れずにいる。

夢には深層心理が混入するというが、分析するまでもなく、わかりやすすぎるくらいの関係だ。介護が終了すると、その夢は嘘のようになくなった。負担になっていたようなことを言うのは、親には申し訳ないし、事実、本人は穏やかで介護しやすく、きょうだいとの連携もうまくとれていたが、精神的なエネルギーは、やはり多くそちらへとられていたようだ。

夢は心の内側の表われ。そして心の内側は、介護などそのときどきの状況と関係する。ゆえに夢の中身は、自分ではどうしようもないと思っていた。が、意外にも外側の、それもとっても簡単なことで変えられると、最近私は知ったのである。二つのパターンの夢について。

介護の後もよく見ていたのが、狭いところから抜け出せないというパターン。頭がつかえて、どうしても先に進めない。

あまりにしょっちゅうなので、夢の定番みたいなものだろうと考え、原因を探ることはしなかった。はたりと途絶えたのは、枕を替えてからだ。

前はずっと、首のほうが高い枕を使っていた。首の後ろの隙間を埋めて支えるもの。それを、首のみならず反対側の、頭の上にあたる方も高くなっているものにした。

目覚めるといつも、中央の凹みに頭がおさまっている。前は頭が低いほう、すなわち上のほうへずれていき、ベッドのボードに押しつけるようになっていた。それが、つかえて進めない夢の原因だったらしい。

もうひとつよく見たのは、窓の外を見ると庭が荒らされているというパターンだ。

庭木が倒されていたり、壊れたエアコンが投棄されていたり。住んでいるのがマンションの一階なので、侵入者をおそれる心理が潜在的にあるらしい。が、今さら二階に引っ越せないし、仕方ないと思っていた。

二重サッシにしたら、ふっつり消えた。二重サッシは防寒が目的だったが、防音の効果もある。そして私の夢は、窓硝子越しに聞こえる、隣接の駐車場の足音や、エンジン音に反応していたらしいとわかったのだ。

私の経験では、布団の重さ、暑さ寒さ、尿のたまり具合、作業を頑張りすぎた筋肉痛なども、夢と関係する。それらのささやかな調整により、夢の中身は変わるもの。とりもなおさず睡眠の質も上がる。

考えてみれば睡眠時間は人生の四分の一から三分の一。クオリティ・オブ・ライフ（人生の質）を高めることにつながりそうです。

- 夢の中身は環境のささやかな調節でコントロールできる。
- 睡眠の質は人生の質を左右する。

ひょんなことからミニ掃除

家の台所の水栓には浄水器がついている。一昨年リフォーム工事でシステムキッチンに替えたとき、含まれていた。

シンク下の収納の上部に筒型のカートリッジが、円形の底をこちらに向けて設置されている。ホームセンターなどで買ってきて、水栓の先に簡単に接続できるカートリッジと違い、複雑そうです。

カートリッジは申し込めば定期的に送ってくるという。ということは、次回以降は自分で取りつけるわけか。

交換時期のめやすは、四〜五人の家族で六ヶ月ごと、二〜三人で一二ヶ月ごとといい、ひとり暮らしの私は一二ヶ月ごとの宅配を申し込んだ。

届いたのは今年の一月末。はじめての交換作業だ、落ち着いてできるときにしよう。梱包してある箱のままとりあえず棚へ。

その「落ち着いてできるとき」がなかなか来ない。

複雑そうとはいえ、読めばわかるだろうとは思う。箱を開《あ》け、中の説明書のとおりにすればできるはず。が、開けようとしない。文字どおり「棚上げ」である。

食品と違って水はめやすを過ぎても、色が変わるわけでも臭いがつくわけでもないので「急いで交換しなければ」という切迫感を持ちにくいのだ。「二～三人で二ヶ月なら、ひとり暮らしではもう少し引っ張ってもいいのでは」とつい先延ばし。

半年経つと、さすがに気になってきた。そうこうするうちに次のが来てたまっていくという、定期通販にありがちなパターンに陥るのでは。

とりかかったのは、なんと七ヶ月も過ぎてから。

読者の皆様にはお恥ずかしく、私がお腹をこわさなかったからといって、くれぐれも同じことをなさらぬように。衛生上の理由からカートリッジは、水を使う量に関係なく、必ず一二ヶ月以内に交換すべきと聞く。

シンクの前に持ってきて、しゃがんで老眼鏡をかける。

「はー、こうなっているのか」

奥から伸びているホースにつなげるのだが、シンクの下の収納は引き出し式。冷蔵庫のほうへ後ずさりしてから開け、上半身をもぐり込ませる。

交換そのものは、説明書に従えばあっけないほど簡単だった。

終わって、しゃがんだままふと見上げると、水栓の下側がずいぶん汚れている。シャワー状に出るための細かな網がついているが、今にも目詰まりしそうである。「みつけたこの機に」と歯ブラシに洗剤をつけて擦《こす》る。この角度から、しかも老眼鏡をかけてでないと、わからなかった。

ブラシの毛にはまだ洗剤が残っている。もったいないので、水栓のレバーもついでに磨くとピッカピカ。雑誌に登場する「お掃除上手な人」のキッチンのようだ。

他にどこか磨くところはないか。柄を握ったまま左右を見渡すと、そうだ、ここも！　冷蔵庫のパッキンの間のごみまでこそげ落とした。

七ケ月もカートリッジを放置していた人とは、われながら思えない。以来、歯ブラシを用いての掃除をときどきする。部分的だが、スッキリ効果は大だ。使い古しの歯ブラシをそのためにキッチンに常備してある。

遅ればせながらのカートリッジ交換がもたらした、新しい習慣です。

- いつもと違う角度から点検すると、意外なところが汚れている。
- 小さな部分の汚れ落としでも、スッキリ効果は大きい。

サザンを聴くと「わっ、懐かしい！」

通っているスポーツジムのレッスンで、準備体操のときにかかる曲は、二ケ月にいっぺんくらい変わる。先日はいきなりサザンオールスターズの歌が流れてきて、動揺した。

「わっ、むちゃくちゃ懐かしい」

80年代初めの、私が学生だった頃に流行っていた曲が、メドレーになり次々繰り出されるのです。

クラス合宿で海に行った。あの頃はみんなダサかった。トレンドをそれなりに取り入れていたつもりでも、ファッションの物資の量も情報も、今の若い人とは比べものにならない。

一ドルが二三〇円くらいしたし、インターネットなんてなかった。

地方出身の男子は、入学後はじめてのお盆に帰省し、お小遣いをもらうのか、休み明けに突然サングラスをかけてきたり、パーマデビューしたりするのであった。

ダサくても健気だった19歳の夏……。

この選曲は絶対、私たちの年齢層を狙っている。ジムにシニアは多いから。「はい、これが、あなたがた世代の懐メロでしょう」ということ?

懐メロ。若いときに思っていたそれは、昭和初期から戦後すぐくらいまでの歌謡曲。自分たちの聴く音楽とは、ジャンルからして異なるものに感じられた。

しかし今の若い人は、80年代の曲をリアルタイムでは知らない。早口言葉にも聞こえる今のJポップからすれば、一つの音に乗っているワード数が少なくて、「昔の歌って、なんてまったりしたテンポなんだろう」と思うのではないか。

知り合いで岩崎宏美のコンサートに、ここ数年行くようになった女性がいます。ファンだったわけではなく、たまたまチケットをもらったからだが、ステージがはじまって一〇小節も進まないうち、涙腺が決壊したという。ユニットで踊りながら歌うアイドルが隆盛の中、スポットライトの下にたったひとり、直立不動ですべてを受け止めるかのように歌っている。

この人ももうすぐ還暦。離婚もした、病気もしたと聞いている。あなたも私もいろいろあった。けれど変わらず美しい姿でそこにいて、透明感のある声を響かせている。歌が終わったときは、周囲とともに「ヒロミちゃーん！」と叫んでいたという。

わかる、と思った。同時に、吉田拓郎とかぐや姫が十数年前に再現した、伝説の「つま恋コンサート」に中高年の男性が集っていたわけも。

白髪になった、腹も出た。が、そこは「あの頃」とその後に過ぎた長い時間を共有し、誰からも揶揄《やゆ》されたりけむたがられたりすることなく、感慨にひたれる空間なのだ。

私たちの若いときに懐メロを愛好していた世代の「あの頃」は、はるかに壮絶なものだった。言うまでもなく戦争があった。

平和な世にあり、甘さ控えめのお菓子と聞くだに「あの頃は甘いものを口にしたくたって、できなかった」との思いがわこう。が、家族で菓子を食べるたびそんなことを言っても仕方ないし、雰囲気も悪くなるから、胸に押し込め、歌に託していたのでは。

彼らの心に、私はなんて無理解だったのか。

思わぬところまで考えが及び、後悔にもとらわれたサザンの曲。ジムの帰りにCDを買う。ダウンロードという発想が出ないのも、私たちの世代らしさだろうか。

・若い頃流行った曲には、年を経たからこその共感もある。
・異なる世代への理解にもつながる。

シャンプー剤、毎回、使わなくなりました

スポーツジムのシャワーの栓をひねり、ほとばしる湯を頭から浴びる。爽快！　シャンプーボトルに手を伸ばしかけて、ふと止めた。昨日の今頃、家の浴室でまったく同じ動作をした。

何も毎回シャンプーで洗わなくてもいいのでは？

今日はほとんど外を歩かず、軽い運動に伴うさらっとした汗をかいただけ。ただでさえパサつきぎみの髪。試しにお湯だけで洗ってみる。乾かした後の臭いも気にならず、指どおりも心なしか滑らかなような。

しばらく続けてみることにした。洗髪は週四、五回はすると思うが、シャンプーの使用は週一か、せいぜい二回にとどめる。

三ヶ月経つと、パサつきはかなり改善されてきた。排水は少なめになるの

で、環境の保全にもわずかながら役立っていたかも。

若い頃なら考えられませんでした。

シャンプーで洗わないと気持ちが悪かった。シャンプーを流した最後のほうに、排水口に集まる泡の塊は、表面にしわの寄るほど密なもので、「整髪油もつけていないのに、こんなに脂が出るのか」としげしげと眺めたものだ。脂の分泌量は、新陳代謝の活発さに比例するのだろう。

以前、赤ん坊を風呂に入れるようすを見ていて、驚いた。白くふわふわして、何の汚れもなさそうな乳児なのに、どこからこんなにと思うくらい、脂がお湯に浮くのである。さすが一年で身長が一・五倍伸びる生き物は違う。

今の私の洗髪の泡は、かつてのようには濃厚でなく、体を洗うときだって、石鹼の使用を控えめにし、脂を落としすぎないようにする。頭も同じ考えでいこう。

不潔と言われるかと思いつつ、知人に話すと、それは湯シャンと呼ばれる髪の美容法に近いとのこと。知人の妹さんも実践しているそうだ。

妹さんいわく、髪の汚れの七〇から八〇パーセントは、事前のブラッシングとお湯で落ちる。シャンプーの洗浄力は、ともすれば過度に皮脂を奪って、乾燥や痒みをまねく。

そもそも皮脂は地肌に対するバリア機能を持っており、不足すると、地肌は盛んに分泌して、ますます洗いたくなるという悪循環に陥りやすいと。

皮脂をとりすぎないシャンプーを使う選択もあろうが、妹さんは湯シャンのほうを選んだ。

以来一年、一回もシャンプーを使っていないそうだ。すごい！

私はそこまで厳格ではない。決めているわけではないけれど、結果としてシャンプーを使うのは週に一回のペースになっている。

外から帰って、髪が重くなっているのを感じるときがある。排ガス、チリ、お店の調理場などからの煙。自然の中にいた日でも、花粉や土埃など、さまざまなものが付着するのだろう。内側からの分泌物だけでなく、外側から来る汚れもあるのだ。

知人に聞いた話の逆を言えば、汚れの二〇から三〇パーセントは、お湯だけでは落としきれないことになる。私の場合、それが積もり積もって飽和状態になるのが週一のようです。

自分に合った頻度でシャンプー剤を使い、心地よさを保っていきたい。

・今の自分の皮脂量に合った頻度でシャンプーを使う。
・洗いすぎは頭の皮のバリア機能を損なう。

それでも食べたい焼き魚

「おうちは居酒屋さんですか？」

はじめて入った美容院で、シャンプーの準備をしながら、若い女性スタッフが聞いた。「いいえ」と答え、なぜにそう思ったのかと訝《いぶか》しみつつ、椅子に背を預けて後ろへ傾く。

ほどなく頭皮に温かいものが広がり、湯気がふわりと顔を包む。

「ん？」

私の鼻は美容院にあるはずのない匂いを、湯気の中にかぎとったのです。魚の脂の匂いだ。来る前に家で、昼ご飯のおかずにホッケの干物を焼いた。その煙が髪にしみついていたのが、湯気でよみがえったらしい。

謎の質問のわけがわかった。家で魚を焼かない人には、「居酒屋さんの匂い」なのだろう。

私は魚を毎日食べる。ホッケ、アジ、塩ジャケなどを、家にいる日は少なくとも二回。

嗅覚は馴化《じゅんか》しやすい。自分では慣れてわからないけれど、髪のみならず服や家にも、かなりの濃度で匂いがしているのかもしれない。

外出前や来客前は、気をつかうようにしました。

煙は脂の量に比例する。換気扇を回すのはもちろん、サバやイワシやサンマなど特に脂の多い魚のときは、服を着替え、シャワーキャップをかぶってキッチンに立つ。それでも防ぎきれない。

時間差で調理することも考えた。おひたしや漬け物などさめても構わないものについては、ゆでる、切るなどを、魚を焼きはじめる前に終え、グリルに点火するや、キッチンを離れる。いちばん煙の出るときに、その場にいないようにするのである。

ドアを閉め切り、寝室に移り、洗濯物をたたんでいたら、鼻先にひと筋、サバの脂の焦げる匂いが。

ドアは別方向だ。流れを逆にたどって、わかった。どの部屋にも外と接する壁には、換気口がついている。枠の中に同心円の桟が何本も重なったもので、中央のつまみを回して、桟の隙間を調節できる。隙間を開けて、空気が出入りするようにしておくのが常だが、そんなわずかな隙間さえ、煙は逃さずしのび込んでくるのだ。

魚を焼くときだけは、寝室の換気口を閉めることにした。

先日は、午後いちばんに来客の予定があった。魚を焼くにあたっては、ドアを閉めて、寝室へ退避。かつ、直前なので、応接間を兼ねたリビングにも香を残さないよう、食事そのものも別の部屋でとるという、万全の態勢を敷いた。

食事を終えて、空いた皿をキッチンへ運び、さて客を迎える準備をしようとリビングへ行って仰天。焼き魚の香が充満している！

そういえば朝、リビングの窓を全開にして、風通しをしたのであった。閉めるのを忘れていた。その窓のすぐ前が、キッチンの換気扇の出口。外へ出した煙が、リビングへ流入している。

懸命にうちわで扇《あお》いで、なんとか薄めたのだった。

こんなことを書くとまるで厄介者扱いしているかのようだが、逆に言えば、そんな大騒ぎをしてまで食べたいのです。

何かと健康にいい魚。匂いのために食卓から遠ざけるのは、もったいない。

自分ひとりの日であれば、匂いがどれだけしようが、何の問題もないのだけれど。

- 魚の脂の匂いは、換気や「時間差調理」で対処する。
- 健康のためにも、魚は積極的に食べたい。

文庫版のためのあとがき
50代ですけれど、それが何か？

50代になりたての頃は、「50」という数字のインパクトに圧倒されてしまったところがあったかも……今、振り返って、そう思います。

これまで生きてきたよりも、これからの残り時間が少ないのは疑いようがなく、その事実に、たじろいでいたような。

51歳、52歳と年を重ねていくごとに残り時間は減るわけで、ときおり起きる不安な動悸が、もっと頻繁になるのか……と。

当時の自分に言ってあげたい。たとえばこんな対話です。

今の私　そんなに緊張しなくてだいじょうぶ。

当時の私　「心の持ち方、今、これから」のところで書いていた、時が解決してくれるってこと？

今の私　そんなごたいそうなものじゃないって。慣れよ、慣れ。

そう、人間は慣れる動物。残り時間のほうが少ない事実に対しても、はじめのうちこそドキッとしていましたが、今は「はあ、そうですけど、それが何か？」という感じ。

そんな当たり前のこと、いちいち気にしていられない。

動悸？　今思うと、やっぱり更年期症状みたいです。もともと不整脈持ちなので、起きることは起きますが、前より頻繁にはなりませんでした。

50代でのもっとも大きな変化は、親を送ったことです。言葉を交わす機会の永遠になくなった親の胸中を思ったり、昔を偲《しの》んだりと、少々感じやすくはなりました。介護が終わって心身と時間にゆとりができたから、とも言えます。

心身と時間にゆとりができると、興味の範囲が広がります。家族のことでいっぱいいっぱいだったのが、社会へも目が向くように。

趣味のひとつのフィギュアスケート観戦は、今は宮原知子選手のファン。

宮原選手のブログもひそかに愛読しています。いつか試合会場で応援したいけど、人混みやトイレの少なさを思うと、体力的に無理かしら。

そう、「心身」と書きましたが、体力に関しては、同じ50代でも前半と後半でかなり違います。個人差はあるでしょうけれど私の場合、この一、二年の疲れやすさといったら！

暑さに疲れ寒さに疲れ、騒音に疲れ移動に疲れ……。健康診断は受けており、不整脈以外に問題ないので、加齢のせいとしか思えませんが。

お調子者なので、面白そうなことがあると「やってみたい→スケジュール的にはできそう→やろう！」となり、体力の現状を忘れてつい欲張りぎみに。「そんなことをしていたら、また疲れるぞ」と、もうひとりの自分が見かねて〝生活指導〟します。だいたいがその繰り返し。

実際になってみた50代の暮らしは、こんなふうです。

二〇一九年一〇月

岸本葉子

本書は2015年4月にオレンジページより刊行された『続 ちょっと早めの老い支度』(第1章〜第5章迄)と、信濃毎日新聞に連載された「幸せ 私サイズ」の2018年4月1日/5月6日/6月3日/8月5日/9月2日/10月7日(第6章)で構成し、文庫化にあたり加筆修正しました。

・本文デザイン:長坂勇司
・本文イラスト:祖父江ヒロコ
・校正:あかえんぴつ
・企画・編集:矢島祥子

岸本葉子（きしもと・ようこ）
1961年神奈川県鎌倉市生まれ。東京大学教養学部卒業。生命保険会社勤務後、中国留学を経て文筆活動へ。日々の暮らしかたや年齢の重ねかたなどのエッセイの執筆、新聞・雑誌や講演など精力的に活動し、同世代の女性を中心に支持を得ている。18年4月よりEテレ「NHK俳句」第2週の司会を担当している。
主な著書　『ちょっと早めの老い仕度』『俳句、はじめました』（角川文庫）、『ためない心の整理術』（文春文庫）、『50歳になるって、あんがい、楽しい。』（だいわ文庫）、『ひとり上手』（海竜社）、『人生後半、はじめまして』（中央公論新社）、『ひとり老後、賢く楽しむ』（文響社）他多数。

岸本葉子公式サイト
http://kishimotoyoko.jp/

だいわ文庫

50代《だい》の暮《く》らしって、こんなふう。

著者　岸本葉子《きしもとようこ》

二〇一九年一〇月一五日第一刷発行

発行者　佐藤 靖
発行所　大和《だいわ》書房
東京都文京区関口一－三三－四 〒一一二－〇〇一四
電話 〇三－三二〇三－四五一一
フォーマットデザイン　鈴木成一デザイン室
本文印刷　信毎書籍印刷
カバー印刷　山一印刷
製本　小泉製本
ISBN978-4-479-30785-3
乱丁本・落丁本はお取り替えいたします。
http://www.daiwashobo.co.jp